Alexandra Koszelyk est née en 1976. Elle enseigne, en collège, le français, le latin et le grec ancien. Son premier roman, *À crier dans les ruines*, est disponible chez Points et a obtenu le Prix du Meilleur Roman des lecteurs Points. *La Dixième muse* est son deuxième roman.

DU MÊME AUTEUR

À crier dans les ruines
Prix du Meilleur Roman des lecteurs Points 2021
Aux forges de Vulcain, 2019
et « Points », n° P5231

Le Sanctuaire d'Emona
Robert Laffont, 2022

L'Archiviste
Aux forges de Vulcain, 2022

À celui qui voulait écrire des poèmes d'amour,
à celui qui les réalise.

« Personne ne peut savoir si le monde est fantastique ou réel, et non plus s'il existe une différence entre rêver et vivre. »

JORGE LUIS BORGES

« C'est une triste chose de songer que la nature parle et que l'humain n'écoute pas. »

VICTOR HUGO

C'est là, ça serpente, caché de tous, sous nos pieds, à l'image de ces millions de fourmis qui peuplent les forêts, ça monte lentement, en silence, comme ces chants que personne n'entend, les feuilles se gorgent puis éclatent comme un feu d'artifice qui prendrait tout son temps. Fil ténu relié au reste du monde qui monte en cadence jusqu'à l'explosion finale. Bientôt, les feuilles bordent l'allée de leurs verts flamboyants et forment une arche protectrice.

Alors seulement on la voit, on prend conscience de son éclat. Elle, la taiseuse qu'on délaisse ou abandonne, crie ses invisibles appeaux. C'est l'heure de sa revanche, de sa révélation. Il est des naissances qui mettent une vie à se réaliser, il lui aura fallu quelques millénaires pour appréhender qui elle était. Mais elle est bien là. La Nature vibre et apporte aux hommes son abondance. Chaque arbre de chaque rue de chaque pays sur chaque continent porte ses fruits, fier et triomphant, comme ces mères qui offrent leur sein à leur enfant. Ils attendent qu'on cueille leurs fruits juteux, et leurs branches, alourdies de ces réussites, tombent et forment au sol un tapis nourricier. Les hommes se penchent, acclament cette terre, mais maintiennent dans leurs yeux la surprise de ce spectacle en plein hiver.

Moi, je connais la genèse de ce prodige, mais j'en garde jalousement le secret. Peut-être est-il temps maintenant de tout vous expliquer ?

CHAPITRE 1

La main droite crispée, tenant fermement un corps inerte et sans vie, la paume gauche ouverte et tournée vers le ciel, la pietà m'offrait le visage de l'abandon. Abandon de soi, des autres, figure du pardon et de la force, elle portait le Christ avec la douceur d'une mère qui enveloppe de ses bras son enfant mort. Sur ses traits de bronze, son regard désormais sourd aux plaisirs terrestres semblait vivant. L'espace d'un instant, sa poitrine se souleva, je retins mon souffle le temps de comprendre ma méprise : ce n'était qu'une illusion, le prisme d'un rayon de soleil tombé à travers les vitraux de la chapelle.

Une odeur d'encens flottait encore, vestige d'une messe qui avait dû se dérouler quelques jours auparavant ; au sol, l'arc-en-ciel des vitraux formait une marelle imaginaire dont la dernière case s'évanouissait sur l'autel. Le lieu, désert, était propice à la rêverie ou à la prière. Je ne l'aurais jamais découvert si mon ami Philippe ne m'avait pas appelé :

« Tu peux passer me prendre en voiture, Florent ? On a besoin de moi au… Père-Lachaise. »

Au son de sa voix, je le sentis gêné. Des images de l'enterrement de mon père revinrent. Six mois étaient passés depuis sa mort, mais je tenais toujours ma peine dans le creux de mes souffles.

« Ça ne prendra que quelques heures au plus. Avec les fortes pluies de novembre, les racines des arbres ont engorgé les canalisations, les gars ont besoin de mes conseils pour éviter de trop gros dégâts, mais ma voiture refuse de démarrer ce matin. J'ai pensé à toi. Mais ce n'est peut-être pas une bonne idée. »

D'autres images remplacèrent celle du corps sans vie. Des racines souterraines, tout un réseau à museler.

« Ne t'inquiète pas, Phil, je passe dans vingt minutes, le temps de boire un café. »

Je raccrochai. Combien de fois ces derniers mois avais-je vécu cette scène ? Auparavant, jamais Philippe ne m'aurait demandé un service : ce n'était pas dans son caractère. Cependant, mon apathie actuelle le poussait à me materner, et la moindre occasion était un prétexte à me voir. Sa façon à lui de me dire qu'il était toujours présent pour moi.

Le cimetière n'avait rien à voir avec celui où mon père était enterré. Deux pylônes en pierre encadraient un portail démesuré, et, en m'approchant, je pus lire sur celui de droite :

QVI CREDIT IN ME ETIAM SI MORTVVS FVERIT VIVET.

Mes connaissances en latin s'arrêtaient aux deux premières déclinaisons ; je me tournai vers Philippe, qui traduisit, impassible :

« Celui qui croit en moi, même mort, continuera de vivre. »

Je m'arrêtai et relus la maxime pour m'en imprégner, pour que sa musicalité ruisselle en moi et que ses mots deviennent miens. Puis je rejoignis Philippe, qui venait de franchir les portes en fer. Au-delà s'ouvraient de grandes allées pavées bordées d'arbres au tronc large et solide ; je sentis le regard de mon ami posé sur moi, je le rassurai d'un fin sourire. Autour de nous s'étalait un silence d'hiver, et de nos bouches muettes s'évadaient de minuscules nuages sitôt évanouis dès les lèvres passées. Sorti de nulle part, un homme me fit sursauter. Trapu et court sur pattes, il faisait de grands moulinets avec ses bras :

« C'est par là, venez, venez ! »

À sa ceinture, un trousseau de clés : il devait être le gardien du cimetière. Philippe partit de son côté, moi du mien ; il n'avait plus besoin de moi. Mains dans les poches, regard levé vers les tombes, je découvris un dédale d'allées dans lequel j'eus envie de me perdre. À mes côtés flottait l'odeur des sous-bois et des champignons, compagnons d'une promenade durant quelques heures où bientôt le temps n'eut plus cours. Dans quelle allée étais-je ? Quand je tombai pour la troisième fois sur une imposante sépulture baroque dont le sarcophage orné de têtes de mort s'élevait avec démesure dans le ciel, je compris que je tournai en rond.

Comment me repérer ? Le nez pointé vers les nuages, j'aperçus la croix d'une chapelle et m'en approchai. Derrière les arbres émergea une bâtisse austère, dont la porte laissait entrevoir une pièce sombre. La curiosité m'emporta : je m'y engouffrai et arrivai devant la statue de la Vierge tenant le Christ dans ses bras.

Était-ce l'hiver qui s'abattait, le cimetière qui m'entourait de ses murailles, ou bien tout simplement le silence des lieux ? Fasciné, je m'assis quelques instants, face à ce bronze qui criait sa détresse. Frappé par la vie qui en émanait, je me perdis dans la contemplation de ce corps, quand je sentis un frôlement contre ma jambe : une première fois, puis une seconde. Le cœur battant, je me penchai et, avec surprise, découvris le museau d'un chat. Le jaune de ses pupilles se percevait à peine tant son iris était dilaté. Le félin m'interrogeait du regard et, dans le noir brillant de ses yeux, j'aperçus mon reflet, qui avait l'allure d'une ombre. Un rayon de soleil rétrécit sa prunelle, qui prit la forme d'une meurtrière. Je le repoussai d'un geste et sortis retrouver Philippe. Dehors, le froid régnait toujours ; des voix d'hommes remplissaient le vide du cimetière, je m'orientai vers elles.

Le visage penché sur un tronçon d'arbre qui venait d'être coupé, mon ami ne m'entendit pas arriver. Son front était barré par sa ride des mauvais jours. De son doigt, il parcourait le bout de bois et faisait le tour des cercles concentriques en ronchonnant des mots indistincts ; je posai ma main sur son épaule, il mit du temps à réagir :

« Je n'ai jamais vu ça, Florent ! Regarde un peu la couleur des cernes sur cette coupe. Normalement, tu devrais avoir une alternance entre le foncé et le clair, car cela indique les saisons, mais regarde ici : il y a une grande trace plus marquée, comme si le cambium avait produit du jeune bois durant plus d'une année. »

Devant ma mine perplexe, il continua :

« En somme, c'est un peu comme si l'été s'était étendu plus d'un an, que l'arbre avait puisé de l'eau pendant plus de douze mois, ou qu'il avait grandi plus que de raison. Les traces claires sont des marques de croissance ; logiquement, elles ne devraient pas être aussi larges.

– Les êtres humains ont bien des poussées de croissance ! Je me souviens avoir grandi de quatorze centimètres en un an, à l'âge de treize ans ; pourquoi les arbres n'en auraient-ils pas ? »

Mon ami leva son sourcil droit, signe de son exaspération à venir :

« L'être humain ne subit pas les saisons comme les arbres, et là, je t'assure que ce que je vois est complètement incroyable, comme si la croissance du végétal s'était emballée sur une longue période, qu'il ne s'était pas mis en dormance. Normalement, cette différence entre le bois du printemps et celui d'été ne peut se voir qu'au microscope, mais là, c'est flagrant. »

Ces histoires de cercles m'ennuyaient, nous étions un matin de novembre dans un cimetière et il me parlait de cambium, un nom que je n'avais jamais croisé, même en cinq ans de latin. Philippe vit mon peu d'intérêt et changea de sujet.

« Ici, il y a environ quatre mille deux cents arbres, c'est le plus grand espace vert de la capitale. Marrant de penser que le poumon de Paris, sa vie, est un cimetière, non ? Quand j'étais étudiant, j'aimais me balader dans ces allées : une fois le portail passé, le bruit de la ville s'amenuisait, je m'évadais. »

Je découvrais un Philippe assez romantique, l'idée m'amusa.

« Tiens, tu vois cet arbre ? C'est un chêne vert, ou plutôt une yeuse. Ses ramures sont d'un vert profond, très sombre. Il a la particularité de garder ses feuilles en hiver. Je me souviens de celui du jardin de mes parents : à neuf ans, j'ai cloué quelques planches sur les branches les plus solides, et j'y ai passé des heures cet été-là. De là-haut, j'étais le roi, j'imaginais de nouveaux mondes, m'inventais une vie inédite. Depuis la plus élevée, je voyais même la mer. C'est à cette époque que j'ai voulu intégrer la marine, mais tu vois, finalement, on ne réalise jamais ses rêves. »

Philippe se tut, son regard tourné vers la cime. J'imaginais mon ami en salopette, à l'assaut du monde.

« Je donnerais cher pour retrouver ces moments de mon enfance. »

Sa nostalgie m'amusait, il parlait comme une personne âgée et emprisonnée dans un corps moins souple et lourd des fardeaux de la vie. J'aurais pu lui dire qu'il n'avait jamais quitté les rives de l'enfance, puisque à plus de trente ans il grimpait toujours aux arbres, mais je m'abstins et choisis plutôt de m'approcher du chêne.

Ai-je voulu prouver à mon ami que notre jeunesse nous ouvrait ses bras si on la titillait, qu'elle restait tapie dans notre ombre, prête à la moindre velléité, à bondir hors de sa cachette ? J'attrapai la première branche, testai sa solidité d'un rapide balancement, puis commençai mon ascension.

*

Derrière moi, le rire de Philippe m'encourageait. Plus je m'élevais, plus j'avais l'impression de rajeunir, de retrouver cet enthousiasme enfantin, je me surpris même à siffloter, chose qui ne m'était pas arrivée depuis longtemps. Les quelques éraflures que je sentis sur mes mains et la dureté de l'écorce ne ralentirent pas ma montée ; au contraire, je continuai, un peu ivre de cet air soudain plus frais qui piquait mon visage. Je m'arrêtai pour souffler sur mes paumes devenues rouges et découvris qu'une ampoule s'y formait déjà, nichée entre la ligne de vie et celle de cœur. Sous mes pieds, le sol avait disparu. Autour et sous moi, seulement des bras de verdure. Pris de vertige, je me raccrochai à une branche.

Depuis quand n'avais-je pas ressenti cette liberté ? Depuis combien de temps montais-je ? Les brindilles m'enveloppaient, formant un agréable carcan végétal. Je passais de l'une à l'autre et accélérais encore mes mouvements, quand, tout à coup, j'eus l'impression que les feuilles se faisaient plus denses, ralentissant ma montée. Phénomène étrange, elles bruissaient comme lors d'une tempête. Je m'arrêtai : j'étais dans un tunnel dont les parois s'animaient. Nulle trace de vent pourtant, le mois de novembre ne réservait aucune surprise, si ce n'était une pluie morne et un ciel gris. En posant ma main à plat sur le tronc, j'eus la curieuse sensation que l'arbre tremblait. Le feuillage frémissait toujours, il en montait une mélodie répétitive dont le sens m'échappait. Le mouvement des feuilles me berça et me donna envie de me reposer un peu. Sur la droite, une branche incurvée m'invita à m'asseoir.

Mon souffle ralentit et mes inspirations devinrent plus longues. Ici, l'air était frais, nimbé d'une brume cotonneuse, le temps n'avait plus la même emprise qu'au sol. Seuls quelques insectes accompagnaient ma retraite éphémère, et ils ne semblaient déroutés ni par le tremblement des feuilles ni par ma présence. Une fourmi aux pattes chatouilleuses grimpa sur ma main, s'arrêtant quelques instants avant de poursuivre sa route végétale. Insignifiants en bas, les insectes étaient les maîtres en haut, et moi, seulement un intrus.

Je restai encore à écouter ce chant d'un monde oublié, quand me parvint l'odeur enivrante des fleurs du frangipanier. Son odeur vanillée et capiteuse me surprit, c'était la première fois qu'un arbre exhalait un tel parfum. Son effluve m'apaisait, me rappelant les goûters de mon enfance, lorsque la voisine préparait ses galettes. Par réflexe, mes yeux se fermèrent et je la vis comme autrefois, penchée sur son four, à surveiller la cuisson, les joues écarlates. À cette pensée, mon ventre grogna.

Je m'adossai au tronc, l'odeur d'amande se fit encore plus forte et m'emporta plus loin dans mes souvenirs d'enfance, effaçant de ses effluves la lisière des jours. De nouveau, j'étais dans la cuisine, mais avec mon père. Le petit déjeuner n'était entrecoupé que par le bruit des couteaux qui glissaient sur les tranches de pain en suivant, sans que nous nous en rendions compte, le tic-tac de l'horloge.

À califourchon sur la branche, je balançais mes pieds dans le vide. J'aurais pu y rester des heures, mais une voix me parvint. D'abord indistincte, elle se fit plus forte : Philippe m'attendait en bas. La réalité et le froid de novembre s'invitèrent dans la ronde de mon enfance et éclatèrent sa bulle.

À regret, j'entamai ma descente. Dans ce sens-là, mes prises n'étaient plus naturelles : le calme de la cime disparut, mon cœur s'emballa, le vertige me saisit. Mes pieds glissèrent sur une branche couverte de mousse et mon visage reçut de plein fouet quelques brindilles. Je me rattrapai de justesse. Je pris le temps de m'arrêter ; en bas, la voix de Philippe était presque inquiète. Comment avais-je pu monter aussi facilement ? La densité de l'arbre m'empêchait de descendre.

« Quelque chose me retient ! » aurais-je eu envie de crier à Philippe, mais je préférai me concentrer sur mes prises. Quand enfin je sautai au sol et ouvris les bras en signe de victoire, Philippe m'accueillit par des bougonnements :

« Mais qu'est-ce que t'as fichu, là-haut ? Tu sais combien de temps tu es resté ? J'ai failli monter ! »

Je me contentai d'un haussement d'épaules et me grattai le menton. Sous mes doigts, je sentis quelque chose de poisseux. Machinalement, j'essuyai ma main contre mon pantalon, avant de m'apercevoir qu'il s'était teinté de rouge. Sang et sève se mélangeaient dans ma paume. Tout ceci ne semblait guère impressionner Philippe, qui continuait de me dévisager. Pour me donner une contenance, je regardai l'heure et émis un cri de surprise. Effectivement, qu'avais-je bien pu faire tout ce temps ?

L'après-midi touchait déjà à sa fin, la brume tout autour faisait ressortir le marbre des tombes. Mon pied heurta quelque chose au sol : un morceau de bois que Philippe venait de couper. Il avait une jolie forme, un cercle parfait au sein duquel y répondaient d'autres, plus petits, comme une mise en abyme. Tandis que je le ramassai, des images de mes vacances surgirent : des poches pleines de coquillages, le temps pluvieux des côtes normandes, la silhouette de mon père au loin sur la plage, les mains derrière le dos.

*

Un chat se faufila entre mes jambes, sa queue en point d'interrogation frôla mes doigts. L'animal ressemblait à celui de la chapelle et un frisson parcourut mon échine. Je le suivis des yeux, il se dirigeait vers la tombe la plus proche, avec l'allure princière que possèdent les félins. Il s'assit devant une sépulture surplombée d'une grande pierre qui, de loin, me sembla être du granit. Des lettres plus foncées indiquaient le nom du mort :

GUILLAUME APOLLINAIRE DE KOSTROWITZKY

Je m'en approchai. Au fur et à mesure remontèrent des souvenirs du lycée. Apollinaire et ses *Poèmes à Lou*, les commentaires composés et les explications parfois démentielles du professeur, nos regards en biais avec ma voisine, les petits mots échangés sous la table qui voulaient égaler la prose moderne d'Apollinaire et finissaient au mieux dans les trousses, au pire dans la poubelle. Jamais je ne m'étais demandé ce que devenaient les poètes une fois morts : ils faisaient partie de ces êtres un peu à part, hors du temps, touchant presque au sacré, et surtout immortels. Le chat se frotta contre mes jambes et miaula, sans doute satisfait de m'avoir attiré.

Des images d'une autre tombe se superposèrent. Je faisais face à un trou béant et au cercueil de mon père. Dans ma main, une poignée de terre prête à être jetée. De la poussière avait virevolté puis s'était posée sur mes chaussures. Dans ma bouche, mes dents crissaient, et mes yeux avaient cillé sous la lumière crue du ciel. Au loin, le bruit d'un moteur annonçait la venue d'un autre corbillard.

Dans ce lieu où les tombes ressemblaient à la cité-dortoir de mon enfance – pierres verticales dans lesquelles s'endorment les âmes – j'avais laissé mon père, couché pour l'éternité. Mon regard s'était promené sur quelques sépultures fleuries, le vent faisait danser les pétales et les tiges se pliaient imperceptiblement. La nature montrait ses courbes et arabesques, brisant la monotonie de cet endroit. Sous mes pieds, à l'horizontale, s'entrelaçait un réseau de racines inextricables qui était le reflet de mon esprit : devenir adulte ne m'avait apporté aucune réponse.

J'étais retourné sur la tombe de mon père quelques mois après, à la Toussaint. J'avais avalé les kilomètres, acheté une composition chez le fleuriste. Le pot en plastique se tordait sous la pression de mes doigts tandis qu'un vent marmoréen sifflait entre les tombes alignées.

Les souvenirs du dernier jour, dans la chambre d'hôpital, m'étaient revenus. Sous morphine et inconscient, mon père tordait sa bouche de douleur. Ses yeux s'entrouvraient de temps en temps, mais ne regardaient rien ; son corps aux muscles amoindris et à la peau diaphane laissait passer la lumière. J'avais signalé ma présence en posant gauchement ma main sur la sienne. L'instant avait duré le temps d'un souffle, puis, dans un ultime effort, mon père avait retiré sa main. Sa façon de ne pas me dire adieu.

La nuit, passée dans une chambre d'hôtel aux murs blancs impersonnels, avait été peuplée de mon enfance ; au matin, la sonnerie du téléphone m'avait rappelé à la réalité. Mon père était mort à l'aube. L'annonce avait ralenti les secondes, le temps était devenu lourd, palpable à chaque inspiration. Ma main, qui tenait l'appareil, tremblait de la douleur muette des orphelins.

Son enterrement avait été simple. Dans l'atmosphère écrasante de l'été, les pétales de roses tombaient sur le bois avec le même bruit que ces grosses gouttes d'orage en plein mois d'août. Au loin, j'avais entendu une voix, celle de l'employé du funérarium :

« C'est à la sueur de ton visage que tu mangeras du pain, jusqu'à ce que tu retournes dans la terre, d'où tu as été pris ; car tu es poussière, et tu retourneras dans la poussière. »

« La terre. »

Il avait passé sa vie à la fuir, préférant être logé dans un complexe en béton face auquel ne s'élevait aucune ligne à l'horizon, barré par un autre géant vertical. Nous habitions près de son travail, anciennement appelé *le couloir de la chimie*, puis baptisé plus poétiquement *la vallée de la chimie.* Cette zone était restée la même, tellement polluée que les industries agroalimentaires y étaient interdites. Mon père était à l'image de cet endroit : sec et infertile.

Ses joues, creusées par une acné juvénile mal soignée, me l'avaient toujours rendu vieux, un vieillard droit comme ces hautes cheminées que j'apercevais de la fenêtre de ma chambre. Lieu et homme se confondaient. Inéluctablement, il niait le risque d'habiter près des usines et cessait d'écouter dès qu'on évoquait la catastrophe à la raffinerie de Feyzin.

Comme il rentrait tard, je passais mes soirées avec une voisine qui me gardait pour arrondir ses fins de mois. Elle avait souvent autre chose à faire, comme rester dans le canapé, à regarder les couleurs de la télé, bien plus intéressantes qu'un garçon pâle et silencieux. J'avais très vite compris qu'il ne servait à rien de l'appeler : elle ne venait jamais. J'étais devenu un enfant débrouillard par la force des choses.

Un mercredi, alors qu'un générique criard emplissait le salon, j'avais voulu imiter mon père et avais entrepris de me raser. L'expérience s'était révélée un échec, puisque je m'étais entaillé la main et avais barbouillé l'évier de rouge écarlate. Habitué à ne pas appeler à l'aide, j'avais sorti du placard une boîte de pansements. Tandis que des gerbes d'eau faisaient disparaître le sang, j'avais avisé la meilleure des tailles, puis avais comprimé la plaie. Le coton s'était coloré à son tour.

Le matin même, j'avais lu un article dans le *Journal de Mickey* : les scientifiques avaient découvert une colle extraordinaire qui permettrait, dans un futur proche, de se passer de pansements. Dans mon esprit de petit garçon, une idée avait germé. J'avais arraché la feuille d'un cahier, et de mon écriture la plus soignée, j'avais écrit au courrier des lecteurs du magazine. En moi grondait l'envie de savoir si cette invention pourrait aussi servir à recoller les cœurs endommagés.

Mais je n'avais jamais reçu de réponse.

*

« Bon, on rentre, Flo ? »

La voix de Philippe devenait impatiente. Le temps de sortir de mes pensées et de regarder une dernière fois cette haute tombe en granit, je saluai le gardien d'un bref hochement de tête puis montai dans ma voiture. J'avais toujours le morceau de bois dans la main et, ne sachant pas trop quoi en faire, je le jetai sur la banquette arrière avant de prendre le volant. Mon ami s'en saisit et le tritura avec ce désir tacite de percer le mystère des cercles. Le moteur toussota un peu, les roues patinèrent sur le sol mouillé. Dans le rétroviseur, je vis un nuage sombre se dessiner autour du gardien qui restait impassible.

À côté de moi, Philippe nettoyait ses lunettes. Sans elles, son regard de myope ne distinguait même plus le tableau de bord et il devenait inaccessible. Le voyage se fit dans un silence monacal, rompu de façon intermittente par le grincement des essuie-glaces sur le pare-brise. Sur le périphérique, un chauffard pressé me fit des appels de phare. Dans le rétroviseur, je découvris des éraflures sur mes joues et mon nez ; ma compagne se moquerait encore de ma maladresse légendaire. J'eus à peine le temps d'y songer, nous étions arrivés devant l'immeuble de Philippe. Tandis qu'il se baissait pour ramasser son sac, sa main se referma sur une boîte de somnifères qui avait dû tomber de ma veste :

« Tu n'as toujours pas arrêté d'en prendre ? Ça va faire six mois, maintenant, non ? »

Comme un enfant pris en faute, je baissai la tête. J'entendis à peine ma voix :

« J'ai diminué la dose, je n'en prends qu'un demi avant de me coucher. Ça m'aide à dormir, à ne plus me réveiller en sueur, à ne plus faire des cauchemars sans queue ni tête. »

Il eut une moue désabusée puis claqua la porte avant de me faire un bref signe de la main. Je restai quelques minutes à le regarder rentrer, puis quelques autres encore à contempler la rue déserte.

Quand j'arrivai chez moi, des odeurs épicées m'accueillirent, Louise passa la tête dans l'entrebâillement de la cuisine et mima un baiser avant de disparaître. Tirésias, le siamois de ma compagne et vieux matou revêche, se frotta contre mes chaussures. Sans doute sentait-il le chat du cimetière ? Je le laissai m'inspecter et inclinai la tête vers les étagères de la bibliothèque, le manteau toujours fermé.

Les livres étaient classés par maison d'édition, couleur, genre et ordre alphabétique : une maniaquerie dont j'avais le secret et qui m'occupait de nombreuses heures en hiver quand je décidais de les ranger. Je n'étais pas un grand lecteur, ni un lecteur tout court. J'en lisais tout au plus deux durant l'année : un polar en été et, en février, lors des vacances au ski, avachi devant la cheminée en attendant la sacro-sainte raclette, le Goncourt.

C'était Louise l'ogresse : dans son sac, elle avait toujours un roman en cours et sur sa table de chevet trônaient fièrement cinq livres. Louise et sa boulimie d'apprendre. Rien ne lui résistait. Après un doctorat à Toulouse, elle avait intégré une équipe au CNES Paris-Daumesnil avant de la diriger. De la période entièrement dévouée aux études, elle avait conservé l'appétit vorace et continu des grands lecteurs. Elle empilait ses coups de cœur dans le bureau, les prêtait ou les donnait, ce qui faisait la joie de ses amis. De mon côté, je me chargeais de ranger les livres une fois par an : une répartition équilibrée des tâches.

J'attrapai un, puis deux exemplaires d'Apollinaire : *Lettres à Lou* et *Alcools*. Je posai un des livres et le morceau de bois rapporté du cimetière sur la petite table du salon, et ne gardai qu'un recueil en main. Sur la première page, je découvris un nom, un prénom et une classe écrits d'une graphie enfantine :

« Le livre est une carte postale temporelle, quand on l'ouvre jaillissent des images d'un temps perdu. »

Je sursautai et me penchai vers elle pour l'embrasser :

« D'où tiens-tu cette phrase ? D'un livre de développement personnel ? »

Louise se renfrogna un peu, mais je ne lui laissai pas le temps de contre-attaquer :

« Regarde mon visage, belle infirmière, veux-tu bien me soigner ? »

Elle se recula un peu, plissa les yeux et partit d'un grand rire qui emplit le salon. Il y a quelques années, c'était ce même éclat joyeux qui m'avait fait tomber amoureux d'elle.

« Mais qu'est-ce que tu racontes ? Tu n'as rien sur le visage. Vous, les hommes, vous êtes vraiment des chochottes. »

Je me levai et ne vis que mon air abasourdi dans le miroir.

« Pourtant, tout à l'heure, dans le rétroviseur… »

Elle était déjà repartie. Je tapotai des doigts la couverture de mon livre avant de me rasseoir. Les lettres envoyées à Lou défilèrent devant mes yeux. Chose inhabituelle, Tirésias sauta sur mes genoux et ronronna. Je continuai ma plongée dans ce nouvel univers, le rythme des vers et les frottements du chat contre mon menton me bercèrent. Un raclement de gorge me sortit de ma lecture, je levai la tête. Sur la porte du couloir, un rayon de soleil finissait de pâlir.

« Tu comptes enlever ton manteau et tes chaussures avant de dîner ? »

Quelle heure était-il ? À travers la fenêtre, j'entraperçus la lumière vacillante du réverbère. Sur les carreaux se dessinaient des nuages de vapeur. Je me levai, passai mon doigt sur cette buée et formai un « j'arrive » éphémère.

*

« C'était bien aujourd'hui avec Phil ?

– Comme d'habitude, oui. Mais, au cimetière, il était obnubilé par des cercles sur la coupe d'un arbre, je n'ai pas vraiment compris de quoi il parlait. J'en ai rapporté un morceau, tu peux regarder si ça t'amuse. »

Pour toute réponse, Louise reprit du gratin. De la fourchette, j'aplanis le monticule : avec ses petits morceaux, mon assiette ressemblait à des tranchées de la guerre de 1914-1918.

« Si tu veux, on peut regarder un film ensemble ce soir. Je n'ai pas à bosser sur mon projet.

– Je préfère lire, je crois. »

Je déposai un baiser sur la joue d'une Louise incrédule, débarrassai la table, puis m'enfermai dans le bureau.

*

J'ouvris le recueil *Alcools* avec la joie inexpliquée d'un enfant en train de faire une bêtise. Je tournais les pages comme on remonte le temps, j'y retrouvais des feuilles annotées, des points d'interrogation ; quelque chose entre ces lignes me fascinait. C'était la première fois que je relisais de la poésie depuis le lycée : les vers m'hypnotisèrent, leur liberté m'étourdit, une originalité incroyable s'étalait là et je n'arrivais pas à m'en détacher. Dehors, la lumière du réverbère accompagnait le rythme anarchique et syncopé des mots, d'où bruissait une nature légendaire :

C'est le tilleul lyrique, un arbre de légende,
D'où, chaque nuit, des lutins fous sortent en bande.

Un mouvement dans la rue attira mon regard. Le lampadaire agrandissait les ombres et rendait sa magie aux ténèbres. Au chaud, derrière ma fenêtre, je me plus à imaginer des lutins sortir de l'arbre avant de retourner à mon bureau, le sourire aux lèvres.

Bientôt l'obscurité me servit de guide, m'enveloppa de ses heures bleues :

Chaque rayon de lune est un rayon de miel

À la lecture de ce vers, une sensation naquit et je fus propulsé des décennies en arrière. Les week-ends s'égrenaient avec la lenteur d'un immense sablier, nous ne recevions jamais personne, aucun appel ne venait rompre le tic-tac de la pendule de la cuisine. Dès le repas terminé, je montais dans ma chambre et m'inventais des histoires. La solitude berçait mes souffles.

Je devais avoir à peine huit ans quand, un dimanche, à table, mon père avait rompu le silence de nos fourchettes :

« Mets tes bottes, je t'emmène découvrir un coin que tu ne connais pas encore. »

Mon père avait décidé qu'il était temps pour moi de grandir, de montrer que j'étais un homme. Cette promenade n'était qu'un prétexte ; j'aurais dû m'en douter, car il n'aimait pas la nature. Dans l'allée qui nous menait à la voiture, mes pieds glissaient dans mes chaussures trop grandes, et mon anorak, devenu trop petit, sentait le parapluie moisi. Mal à l'aise, je faisais tout de même bonne figure face à cette sortie impromptue : souvent, le soir, je m'endormais en souhaitant vivre une journée de complicité avec lui et, ce jour-là, mon vœu s'était réalisé. Certains souhaits peuvent se révéler redoutables quand ils s'accomplissent.

Nous avions garé la voiture à côté d'une barrière, puis nous nous étions engagés sur des sentiers peu balisés. Nous n'avions croisé personne, je ne savais plus trop où j'étais, mais je restais content de partager un moment avec lui. C'était si inhabituel. La lumière rasante donnait de nouveaux contours au chemin, les ombres des arbres s'agrandissaient jusqu'à devenir géantes. Mon père paraissait petit au milieu de la nature.

Soudain, sa voix s'était élevée ; au-dessus de nos têtes, une nuée d'oiseaux s'était envolée.

« Tu es grand, tu dois être capable de t'orienter tout seul et de retrouver ta route. Compte jusqu'à cent, avant de me rejoindre à la voiture », dit-il, en me tournant le dos.

Je fermai les yeux, et commençai à compter. Je l'entendis crier au loin :

« Ne me déçois pas ! »

De ces heures à errer dans la forêt, je gardai à l'âge adulte de vilaines cicatrices. Dans mes cauchemars, je repensais à ces branches qui craquaient sous mes pas, à mes hoquets d'effroi tandis que j'essayais de me repérer. Lorsque j'arrivai enfin à la voiture, sans trop savoir comment, je fis disparaître les traces de pleurs sur mon visage. J'avais peur que mon père entende les battements de mon cœur, mais il n'en fut rien. Il m'accueillit d'un rire franc, assénant que j'étais désormais un homme.

Dans la poche de mon manteau, mon poing ne se desserra pas. Je restai mutique tout le trajet du retour, les yeux levés vers les rayons blafards de la lune. Elle était pleine, d'une blancheur prête à éclater ; je l'aurais aimée dans son croissant pour qu'elle nous recueille, mes angoisses et moi, mais elle était ronde, comme ces futures mères qui se pavanent, le ventre en trésor. De la mienne, je ne connaissais ni les bras en forme de croissant ni la rotondité bienfaisante.

C'est à ce moment-là que je décidai que tout était de sa faute à elle, à cet astre. À huit ans, il était plus simple d'en vouloir à la Lune qu'à son père : elle ne m'avait été d'aucun secours durant cette course d'orientation, sa lumière avait décuplé ma terreur. Je lui tirai la langue et oubliai le véritable coupable de cette expédition. Ma condamnation fut sans appel. Depuis, chaque pleine lune avait été associée à ce souvenir malheureux.

Et voici que des dizaines d'années plus tard, je regardais le ciel et découvrais une Lune en phase ascendante dont les cratères me semblaient moins sombres que d'habitude. Les vers d'Apollinaire opéraient comme un filtre, je vis l'astre tel qu'il l'avait écrit, avec « ses rayons de miel ». Mû par une joie inattendue, je pris un nouveau recueil et l'ouvris au hasard. Peut-être trouverais-je un autre poème qui éclairerait mon enfance ?

*

Je tombai sur le poème intitulé *Le Trésor*. Une ballade de style moyenâgeux racontant comment une princesse avait été métamorphosée en trésor puis enfouie sous terre par une fée envieuse. À la deuxième strophe, je dus me lever, car mes jambes engourdies par la position assise me faisaient mal.

Debout, je fus pris d'une joie inédite et déclamai ces vers face à la nuit. Le rythme régulier du poème berça les murs et la nature endormie :

En un trésor caché sous terre
La fée, au temps bleu des lilas,
Changea la belle de naguère
En un trésor caché sous terre.
La belle pleurait solitaire :
Elle pleurait sans nul soulas
En un trésor caché sous terre :
C'était au temps bleu des lilas.

De la mousse je suis la fée,
Dit à la princesse une voix,
Une voix très douce, étouffée,
De la mousse je suis la fée,
D'un bleu myosotis coiffée.
Pauvrette ! En quel état vous vois !
De la mousse je suis la fée,
Dit à la princesse une voix.

Par un homme jeune et fidèle
Seront sauvés vos yeux taris,
Dit cette fée à voix d'oiselle
Par un homme jeune et fidèle
Qui vous désirera, ma belle,
Et pour l'or n'aura que mépris,

Par un homme jeune et fidèle
Seront sauvés vos yeux taris.

Au dernier mot, j'entendis un bruit étouffé. Un peu étonné, je suspendis ma lecture, mes sens en alerte. Ça ne pouvait pas être Louise, vu l'heure tardive : à travers la porte de la chambre montaient ses ronflements. Ce ne pouvait pas être le chat non plus, car il avait pris l'habitude de dormir à nos pieds, et Louise fermait toujours la porte derrière elle. Je sortis du bureau, puis mis une main sur le mur du couloir pour me guider dans la pénombre. Ses aspérités sous mes doigts me rassurèrent quelques secondes, comme ces enfants qui serrent contre eux une peluche, mais une fois que je fus arrivé près du salon, ma peur grandit.

Je pestai intérieurement contre le parquet qui craquait sous mes pas et maudis ma respiration saccadée qui emplissait l'espace. Heureusement, la pièce était vide, et la fenêtre fermée signifiait qu'il n'y avait eu aucune intrusion. Je soufflai.

Mes battements de cœur rapides me parurent soudain ridicules et disproportionnés. Je jetai un dernier coup d'œil vers la cheminée, qui ne fonctionnait plus depuis longtemps mais dont le conduit était resté ouvert. Les oiseaux aimaient s'y perdre, sans savoir comment en ressortir. Leur agonie lente me faisait à chaque fois froid dans le dos.

Cette nuit, rien n'y bougeait.

Ce n'est qu'en m'asseyant sur le canapé que mon pied heurta quelque chose par terre. Mes yeux s'étaient habitués à la pénombre, je distinguai une forme noire et irrégulière : c'était le morceau de bois rapporté du cimetière, tombé sans doute de la table basse. Un rire nerveux monta dans ma gorge. Je me saisis du bloc, palpai la douce texture et m'approchai de la fenêtre : le reflet du réverbère apportait des couleurs changeantes au bois. La lumière rasante grossissait ses nervures et l'habillait de parures magnifiques ; il semblait vivant, car la matière bougeait presque entre ses sombres sillons.

Il se faisait tard. Je rejoignis Louise. Sous la couette, je peinai à trouver le sommeil. Les vers d'Apollinaire dansaient devant mes yeux, quelques poèmes coquins me revinrent en tête. Son espièglerie avec Lou rendit mon corps fiévreux, j'effleurai ma compagne et mis mon nez dans son cou à la manière des félins. Une odeur boisée, ou plus exactement celles des cèpes que je ramassais enfant en octobre avec la voisine, se dégageait d'elle. Je m'endormis, bercé par ce souvenir.

CHAPITRE 2

Pablo Picasso, 1918

Le poète pose un autre regard sur la vie : il la tord, la malmène, l'embellit. Il ose le symbole, rapproche deux réalités et crée un monde nouveau. Tu étais le meilleur des poètes, Kostro : quand tu poussais la porte de mon atelier, les poches de ton veston débordaient de papiers annotés, griffonnés, dessinés, et ton rire suivait de près tes pas. Tu te servais un verre que tu buvais cul sec, faisais claquer ta langue, puis t'installais dans ton fauteuil devant la cheminée, été comme hiver. Tu bourrais ta pipe comme l'enchanteur des Ardennes te l'avait appris, croisais les jambes, puis relevais la tête. L'odeur de la pipe était le signal : je posais mes pinceaux, essuyais grossièrement la gouache sur mes mains, puis m'asseyais par terre, près de toi. Quelques rayons rougeoyants de fin de journée passaient à travers la verrière du Bateau-Lavoir, nous étions entre hommes et pouvions discuter quelques heures avant l'arrivée de Fernande.

Aujourd'hui je marche derrière ton cercueil qui cahote sur les pavés, au milieu de cette assemblée de badauds qui ne t'ont jamais compris, tu m'abandonnes seul avec eux et leur quotidien morne et blafard, leurs discussions insipides et leurs rires gras. Je suis près de toi pour la dernière fois, et déjà me manquent l'odeur de ta pipe, ta facétie et ton génie. Tu n'avais pas le droit de partir, de laisser en suspens tous nos projets artistiques et notre amitié. Mais je me tiendrai comme le taureau dans une arène, droit, fier, face aux détracteurs de cet art nouveau que nous aimions tant sublimer à deux.

« À bas Guillaume, à bas Guillaume ! »

Sur le boulevard Saint-Germain, les huées remontent par vagues, le convoi funéraire s'étire, se fraie une place à travers le peuple, les gens courent et hurlent dans les rues. Nous sommes le 13 novembre 1918, l'Armistice a été signé depuis deux jours. Les Parisiens nous bousculent et piétinent notre chagrin. Hissé sur un affût d'artillerie, ton cercueil en chêne cahote sur la route. La populace me mitraille les tripes de ses obus sonores ; je sais pourtant que ces voix ne raillent pas mon ami : leur Guillaume est un kaiser, tu étais un poète, mais tu as eu l'ironie de mourir deux jours avant la fin de la guerre.

Mes semelles frottent contre ces pavés rectangulaires, mon complet noir me serre aux épaules. Malgré le froid de novembre, je transpire. Je rajuste ce chapeau trop petit, une goutte de sueur en profite pour se frayer un chemin à la racine de mes cheveux. J'avance à pas lents, j'étouffe, j'allume une cigarette, je m'occupe les mains, puis la bouche. Pendant quelques secondes, la fumée cache le convoi. Je la suis des yeux : elle disparaît dans le ciel. Mon regard se pose sur un nuage : il a la forme d'un char tiré par quatre chevaux. Je souris.

« Apollinaire n'est pas mort, il est là, dans le ciel, regardez ce char d'Apollon, c'est Kostro qui nous guide vers le Père-Lachaise ! » ai-je envie de crier.

Il y a quelques mois encore, nous zonions dans les rues de Paris, ton rire franc ricochait sur les immeubles haussmanniens. Tu avais l'air d'un dandy, et moi d'un bohémien. Ce matin, dans mon costume noir, je suis un élégant corbeau dont les deux pattes ont été rabotées. Ma cigarette se consume, de la cendre tombe au sol, je jette mon mégot brûlant que des hommes derrière moi piétineront. Toi et moi, nous étions des compagnons de galère et d'infortune. Qui viendra, le soir, toquer à ma porte pour refaire le monde ? Qui aura ta sincérité ? Nous riions comme des gosses, rattrapions le temps perdu et notre enfance de mal-aimés en hurlant notre joie dans les rues de Paris. Nous, les étrangers, les sans-le-sou, nous brûlions notre vie par ses deux bouts. Toujours et intensément. À deux, nous étions plus forts, nous nous comprenions, il nous suffisait d'un regard pour faire fi des autres et de leur esprit étroit. Dans ce monde pourri jusqu'à l'os, où les hommes préfèrent les chants d'obus à ceux des sirènes, désormais, je suis seul.

D'autres souvenirs me reviennent. Ton enterrement est-il propice à rallumer ce passé qui ne brille plus que dans le feu de mes souvenirs ? Je me rappellerai à jamais cet hiver où nous claquions des dents, l'embrasement de mes dernières toiles pour nous réchauffer, les couleurs chaudes qui se mélangeaient, mais aussi ces statues phéniciennes volées au Louvre par ton camarade Géry, notre faux air candide face aux policiers quand nous les avions rapportées quelques mois après, ta mise en accusation pour le vol de la Joconde et l'emprisonnement de six jours qui suivit.

Mais plus encore, je me souviendrai de l'enlèvement de la belle Irène. Le lendemain du rapt, nous étions comme deux cons, dans la cuisine, à nous demander quand Irène descendrait. Elle nous connaissait, nous n'étions pas méchants : je voulais seulement me marier avec elle ; et elle, m'éconduisait comme un malpropre.

C'était toi qui avais émis l'idée de cette farce. Mais le lendemain au réveil, nous étions surtout piteux de notre méfait, nous voulions nous excuser, et Irène boudait toujours. Entre deux fous rires, nous avons toqué doucement à sa porte. Aucun bruit de l'autre côté de la cloison. En gentleman respectable, tu redescendais déjà l'escalier, quand je tournai le loquet. Mais la bougresse n'était plus là : évadée par les volets que tu avais pris soin de fermer. Je suis retourné dans la cuisine, tu avais débouché une bouteille de rouge, nous refîmes le monde.

Une semaine après, Irène revenait : lorsque j'ai ouvert la porte, elle me tendait ses mains liées et se constituait prisonnière volontaire.

« Quelle satane ! » t'étais-tu exclamé.

Comme tu avais raison. Irène n'est jamais devenue ma compagne, mais j'en garde aujourd'hui encore de délicieux souvenirs.

Des années se sont écoulées depuis ce moment, mais jamais nous n'avons grandi. Tu demeureras mon complice, mon double d'artiste. Un frère d'âme impossible à oublier.

Je relève la tête, les femmes marchent devant, elles forment un cortège bien étrange, mené par ta mère. Nous arrivons au cimetière. Tu seras enterré dans la division 86, dans la section des « étrangers morts au combat » ; toi qui avais réussi à te faire naturaliser, tu resteras un étranger avec des k, y, z : un nom difficile à prononcer. Nous nous mettons en cercle, le spectacle funèbre commence. Mes souvenirs me font baisser les yeux.

Aujourd'hui, j'ai honte d'être espagnol. La grippe qui t'a emporté porte le nom de mon pays. C'est un peu

Brutus qui tue une nouvelle fois César. Si la fièvre avait pu te lâcher, tu aurais prononcé de ta voix de stentor :

« Tu quoque, mi fili ! »

Nous aurions ri.

Que vais-je devenir sans toi ? Aurais-je de nouveau de la force ? Celle que tu me donnais.

« Pablo ! »

Au loin, une voix m'appelle, j'ai l'impression que c'est toi. Tu me manques déjà.

CHAPITRE 3

L'année précédente, sans arrêter de travailler, j'avais obtenu mon agrégation d'allemand. Quand Louise et moi avions regardé les résultats, ma compagne avait été la première à exploser de joie, elle avait poussé un cri guttural, de soulagement, qui en disait long après cette année entre parenthèses. C'était rare qu'elle manifeste ainsi ses émotions, elle était de ces personnes introverties qui mesurent chacune de leurs paroles. Au début de notre relation, cela m'avait interpellé – je pensais qu'il n'y avait que mon père pour être aussi fort à ce jeu-là –, puis je m'y étais fait.

Louise et moi, comme des enfants, avions formulé quelques souhaits : des voyages, du temps, des projets. Nos phrases volubiles fusaient aussi vite que mon étonnement grandissait. À cette bonne nouvelle s'en était ajoutée une autre : ma demande de formation, tant attendue depuis un an, avait été acceptée. Convoqué dans le bureau du proviseur, je rêvassais face aux hautes fenêtres tandis que la lumière entrait et tombait sur les dossiers administratifs. Cela faisait des mois que je n'avais pas senti les rayons du soleil sur ma peau, des mois que je ne m'étais pas promené avec Louise, des semaines que je ne connaissais plus la halle du marché, avec ses crieurs à la volée. J'avais travaillé sans relâche pour l'agrégation, j'avais oublié ce qu'était la vie de couple, voire la vie tout court. Et elle me manquait.

Mon supérieur voulait savoir si je consentais à ce congé. Rapidement, j'avais calculé que je n'aurais pas mon salaire complet pendant un an, que ma carrière serait gelée une année, que mes élèves me manqueraient ; mais dans la balance de la vie, j'avais choisi pour une fois de mettre la mienne. Le proviseur passait une main nerveuse sur sa barbe et s'impatientait, j'avais sorti un stylo et avais signé le papier officiel. Quand il avait ouvert la porte de son bureau, une brassée de feuilles s'était envolée.

J'avais profité de mes vacances d'été pour choisir une spécialité. J'avais l'embarras du choix, je me perdais dans les différentes branches possibles. Louise me taquinait en me voyant éplucher la liste des masters proposés par les universités. De la piscine, elle m'éclaboussait et me conseillait de remettre ma décision à plus tard. En réalité, le chemin des possibles qui s'ouvrait à moi m'angoissait car je n'avais jamais choisi ; ni mes études ni mon métier.

Depuis mon enfance, mon père gérait tout. Il colmatait comme il le pouvait l'absence de ma mère. Je n'avais aucun souvenir d'elle, et d'ailleurs nous n'en parlions jamais. C'était un accord tacite initié par mon père. La seule preuve de son existence avait été ces photographies que j'avais découvertes un jour.

*

J'aimais passer du temps dans le grenier : c'était une pièce avec du lambris, chaude et à l'écart des bruits de la rue, car le vasistas donnait uniquement sur le jardin. Il y avait un vieux rocking-chair en rotin. Il me semblait brinquebalant, mais je montais tout de même dessus : son lent balancement m'emmenait vers d'autres mondes.

Un après-midi, tandis que je devais aller d'avant en arrière plus fort que d'habitude, je heurtai le mur derrière moi. Il y eut un bruit sourd. Mon père allait monter, c'était certain. Quand enfin j'osai respirer puis bouger, je découvris qu'une porte jusqu'à présent invisible s'était ouverte. Je m'attendais à tout, sauf à cette découverte. D'un geste empli d'une curiosité enfantine, je la poussai.

La trappe était un carré d'une bonne quarantaine de centimètres de côté, je pus m'y glisser et rejoignis toute une partie du grenier qui avait été condamnée. Dans cette zone sans fenêtre et à la charpente apparente, la pièce était plus froide. Je ne pouvais pas m'y tenir debout et la lumière filtrant des tuiles faisait scintiller de nombreuses toiles d'araignées. À cette époque, je devais avoir dix ans et n'étais pas un garçon téméraire : je restai près de cette ouverture et tâtonnai. Ma main rencontra quelque chose de dur. Un carton. Je le tirai vers moi et regagnai le grenier afin d'en explorer le contenu.

À l'intérieur, des images d'une jeune femme brune aux cheveux bouclés. Le même sourire énigmatique que ce tableau étudié en classe. Je retournai la photo et découvris le prénom de ma mère. De surprise, je lâchai tout. Mon cœur s'accéléra, et j'eus soudain la bouche sèche et envie d'aller aux toilettes. Je crus entendre mon père grimper et je tendis l'oreille, mais mon imagination m'avait joué des tours.

J'étais cet enfant qui faisait connaissance avec le visage de sa mère pour la première fois et s'imaginait dans la peau d'un voleur, un fourbe, un traître qui ne respectait pas la volonté de son père de ne pas monter au grenier. J'eus soudain envie de retourner dans ma chambre et de serrer dans mes bras ma peluche préférée mais, à dix ans, serre-t-on toujours son doudou ainsi ? Je ravalai mes larmes, mes émotions, mes questions, et plongeai les mains dans la boîte. Il y avait des centaines de photos, et ce visage énigmatique aux yeux noirs. Sur plusieurs photos, ma mère tenait un bébé dans ses bras. Son sourire disait tout. Sa joie, sa fatigue des nuits sans dormir, son inquiétude des jours à venir.

Tout un pan s'ouvrit à moi ce jour-là. Ma main fureta dans le carton et tomba sur un objet, coincé sous une pile de photos. C'était une figurine en céramique orange et blanche qui avait appartenu à ma mère, elle l'avait même touchée un jour. Cet objet fut notre lien, traversant les époques. À mon tour, je le manipulai. Ma mère, cette grande absente, devint réelle ; jusque-là fantomatique, elle s'incarna. Même si je n'avais aucun souvenir d'elle, j'avais la preuve tangible de son existence. Et de la mienne aussi.

Je remis le trésor dans cette pièce cachée, où je revins chaque fois que le vide maternel me taraudait. Avec le temps, je compris que mon père avait condamné cet endroit et ses souvenirs pour engourdir sa douleur et oublier ses sentiments. Cet acte me le rendit plus humain. En le regardant, je compris que sous chacun de ses soupirs se glissaient les dernières respirations de ma mère, ses derniers regards, à jamais collés dans ses rétines.

Je refermai la trappe, descendis et mis la table. Quand mon père me servit la soupe, je l'enlaçai. Première et dernière fois de toute mon existence.

*

Le lundi était le jour de repos de Louise, mais aussi le mien, et nous paressions dans le lit comme de vieux adolescents et refaisions le monde autour d'un café-biscottes. Mais ce matin-là, je me réveillai triste, bougon et même taciturne, le genre de réveil où l'on en veut à la terre entière. Une douleur me prenait la tête en étau avec la même intensité que les lendemains de fête trop arrosée. Je devenais sans doute vieux et las : la veille, je n'avais rien bu. Je souris malgré moi : j'avais seulement parcouru le recueil *Alcools*, me suffisait-il de lire sur l'ivresse pour l'être réellement ? Fichue trentaine.

Quand je voulus me lever, la tête me tourna un peu, et la souffrance s'accentua au moment où j'ouvris les volets. La lumière crue m'arracha une plainte. Je me rassis sur le lit, une tristesse impalpable monta en moi. Je n'avais aucune raison d'être triste, mais j'avais l'impression d'avoir enterré mon meilleur ami. Je me grattai la tempe, des bribes de rêves me revinrent à l'esprit : un complet noir assez étriqué dans lequel j'avais chaud dans cette grisaille, et un cercueil brinquebalé sur les pavés. Tout était flou, presque irréel. Étaient-ce des traces de ma visite au cimetière ?

Je bougonnai :

« Les arbres portent dans leurs cernes une cartographie des années antérieures, cette pratique est encore meilleure que le carbone 14. La dendrochronologie fonctionne un peu comme ces roches calcaires qui renferment des indices sur le climat passé. »

Sous la couette, Louise grogna :

« Mais qu'est-ce que tu racontes, Flo ? Tu es devenu spécialiste des arbres pendant la nuit ? Laisse-moi me réveiller tranquillement et arrête de dire n'importe quoi. »

À contrecœur, je me levai. Même moi, je n'avais pas compris ce que je venais de dire : les cours de sciences avaient glissé sur moi avec la même vivacité qu'une tortue sous Prozac ; au mieux j'y bâillais, au pire je dessinais des croix d'un bleu éphémère sur la paillasse. De quelle partie cachée de mon cerveau avaient pu sortir ces paroles ? Depuis hier soir, quelque chose m'échappait, un sentiment d'étrangeté logé dans mon corps. Ce ne pouvait pas être de la fatigue : je n'étais pas soumis à un rythme harassant, mon master ne me prenait que quelques heures par semaine, je ne perdais plus mon temps dans le froid et les transports, les copies de mes élèves ne grignotaient plus mes soirées et mes colles de l'agrégation n'occupaient plus mes week-ends. Que m'arrivait-il ?

*

Je m'affalai sur le canapé, mais, une fois assis, la souffrance fut telle que je dus reposer ma tasse à café sur la table du salon. J'étouffai un cri : une décharge venait de me vriller le bras. Je regardai le coupable présumé : la douleur s'était produite quand ma main s'était approchée du morceau de bois. Comment était-ce possible ? Décidément, je ne comprenais plus rien. Était-ce l'abus de poèmes à une heure tardive, la prise de somnifères, ou bien ma visite au cimetière ? Avec d'infinies précautions, je le pris par sa base et l'examinai, craignant une nouvelle décharge. Mais rien ne se passa, la matière était inerte et bien morte. J'éclatai de rire puis me levai, la situation était absurde.

Le lendemain, je n'eus aucune envie d'aller à l'université. J'étais à côté de l'église Saint-Germain-des-Prés, à flâner et à regarder les photographies en noir et blanc, quand je tombai sur la rue Apollinaire. À ce signe impromptu, je souris. Je me mis en quête de trouver d'autres coïncidences, et oubliai complètement mes cours. La veille, j'avais lu que le poète avait habité au 202, boulevard Saint-Germain ; je n'étais pas loin, cela suffit à piquer ma curiosité : j'étais un détective néophyte avide de tout découvrir. En bas de son immeuble, je me plus à imaginer quels cafés il avait fréquentés. À quelle table avait-il pu s'asseoir, où déjeunait-il ? Que buvait-il ? Fumait-il quand il dînait ? Où écrivait-il ? Dans la cohue parisienne ou dans son appartement ? Et qui étaient ses amis ? Les questions s'amoncelaient.

Le midi, je poussai la porte de la librairie préférée de Louise et fus surpris par la hauteur des étagères en bois. Je n'avais jamais pris le temps de la visiter : je lisais peu, je faisais confiance à Louise pour me conseiller de bons livres ; mais ce jour-là, ce fut différent : l'envie était là. Le rez-de-chaussée était dédié aux romans, je me dirigeai vers le premier étage. L'escalier en colimaçon était raide, et, un instant, je m'imaginai être dans la peau de John Malkovich, dans un lieu trop petit pour moi, comme le terrier d'Alice. Je trouvai la section « Biographies », mais ma déception fut à la hauteur de mon désir : aucun texte sur Apollinaire.

J'eus à peine le temps de me retourner qu'une libraire était derrière moi, tout sourire, et me tendait un livre dont le titre me fit pousser un cri de stupeur.

« C'est ce que vous cherchez ? »

Comment savait-elle ? Sur le dos du livre, le titre : *Apollinaire et Paris.* Je le feuilletai et tombai sur la page du Flore, à quelques rues de là. Poussé par le désir de découvrir un lieu aimé du poète, j'en oubliai la perspicacité de la libraire, dévalai l'escalier sans un regard vers elle, posai un billet sur le comptoir, puis sortis, ma trouvaille sous le bras. Apollinaire m'attendait.

Arrivé devant le café, je superposai les deux visions, celle d'avant-guerre et celle du Flore actuel. De nombreux touristes étaient assis en terrasse, une affluence que le poète n'avait pas dû connaître. Le guide expliquait qu'à cette époque c'était le quartier Montparnasse qui avait les faveurs des Parisiens. Toujours dans le livre, j'appris qu'Apollinaire avait même pu y aménager une salle de rédaction pour sa revue *Les Soirées de Paris*. Coincé entre deux tables, devant mes œufs brouillés, j'avais du mal à imaginer la chose.

« Vous devriez fumer la pipe, comme lui.

– Pardon ? Comme lui, qui ? »

À côté de moi, un homme sans âge me toisait.

« Comme lui. »

Il lança quelques piécettes de pourboire sur sa table, et il partit.

Le jour commençait à tomber, il fallait que je rentre moi aussi. Perdu dans mes pensées et ces histoires de pipe, je ne vis pas arriver le vélo sur la piste cyclable. Quand il me percuta, je ressentis une douleur sur le côté droit. Puis plus rien.

CHAPITRE 4

Marie Laurencin, 1909

Rue Perrel, j'entre dans la cour, il n'y a personne. Je m'approche de la verrière, me mets sur la pointe des pieds et regarde à travers les carreaux. L'atelier d'Henri ressemble au mien : dans les deux, le même bazar. Par terre, des toiles en enfilade et une autre, inachevée, sur le chevalet. Sur le rebord de la table, dans un verre bleu ébréché, se trouvent des pinceaux, et, au sol, quelques taches de peinture sur les lattes du parquet forment des nuages de gouache. Je m'appuie sur le bord de la fenêtre et tends le cou : j'aperçois dans le coin de la pièce des blouses grises accrochées à un portemanteau, je reconnais le béret noir sur la commode, Henri le portait hier soir au Bateau-Lavoir lors de la fête organisée par Pablo.

Quand le Douanier Rousseau est entré au bras de Gui, il était ému de la banderole à son nom et des nombreux peintres présents. Pablo s'est avancé vers eux, a levé son verre, et la fête a débuté. Même si la mort a souvent côtoyé la vie d'Henri, là, il était heureux. En fin de soirée, il nous a proposé, à Gui et à moi, de nous peindre : il voue une admiration à Gui et à Pablo, dont il qualifie l'art d'« égyptien ». Quel drôle de bonhomme !

Un bruit de pas dans la cour me fait tourner la tête, c'est la gardienne de l'immeuble. Elle me fixe, impassible. Dans sa main, un balai, il ressemble à une fourche, je tente un maigre sourire.

« J'attends Henri. Enfin… le Douanier Rousseau. Il est avec mon ami Guillaume Apollinaire, ils ne devraient pas tarder. »

Le balai se radoucit, et la concierge s'autorise une gaieté édentée avant de repartir nettoyer l'escalier de l'immeuble. Un chat noir traverse la cour, il a la même tache blanche au cou que celui du café de Flore, Misou, qui élit toujours domicile sur les genoux d'Henri. En début de semaine encore, nous y étions tous. Enfoncé dans un fauteuil, Henri caressait les broussailles de sa barbe tandis que Gui faisait les cent pas à ses côtés :

« Tu as toujours été considéré comme un grand naïf, mon cher Rousseau, tout comme moi… Les gens ne nous comprennent pas : à leurs yeux, mes calligrammes sont la création d'un idiot, et tes tableaux aux traits disproportionnés et naïfs étonnent les coincés pour qui la réalité est souveraine. Pablito non plus n'est pas pris au sérieux. L'imaginaire est pourtant la nouvelle voie, il faut que je te raconte ma nuit dans les Ardennes, seul avec mon frère, quand j'étais môme. »

Tout le monde connaissait déjà cette anecdote, mais Henri a continué de lisser sa barbe en souriant. Gui et ses histoires, Gui et ses doutes : derrière ses épaules larges habite encore un enfant fragile, en proie aux questions. Je le regardais, de dos, s'animer devant ses amis. Les flammes de la cheminée agrandissaient son ombre et ses gestes.

La première fois que Gui est entré dans mon atelier, il m'a fait signe de ne pas bouger de mon chevalet, m'invitant à poursuivre mon travail. Il s'est dirigé vers une de mes dernières toiles, Trois Jeunes Filles auprès d'un arbre, ses chaussures de crêpe grinçaient sur le carrelage. Je me suis arrêtée de peindre et l'ai observé. De son index, avec une grande douceur, il a parcouru les branches. Il était loin de l'image du séducteur dont tout le monde parlait. De profil, son regard était étrange, comme perdu. Il a fermé les yeux, il paraissait être en osmose avec l'arbre.

Je le regardais, captivée, presque hypnotisée : j'osais à peine respirer. Les minutes sont devenues sacrées. Il m'a semblé voir une lumière passer du tableau à son index, le soleil de fin de journée sans doute, mais, un bref instant, l'arbre sur la toile et l'homme n'ont fait qu'un. Quand Guillaume s'est tourné vers moi, ses yeux étaient humides ; il a émis un petit cri de surprise, s'est frotté le crâne, avant d'ouvrir la bouche. Mais aussitôt, il s'est ravisé. Un silence pesant s'est installé, ni lui ni moi n'osions rompre ce moment indéfinissable. Soudain, il s'est approché de moi :

« Tu vois, Marie, je ne serai jamais cet arbre. La moitié de mes branches sont inconnues : ma mère s'obstine dans son silence, elle ne me dira jamais qui était mon père. »

Cet homme m'impressionnait : il n'avait rien dit sur les trois femmes au premier plan, les trois Grâces l'intéressaient moins que l'arbre. J'ai esquissé un sourire, de ceux qui cachent l'incommensurable abandon. Nous étions tous les deux des enfants naturels, la perte de nos pères nous a rapprochés.

Dans mon atelier, ce jour-là, je suis tombée amoureuse de Gui. Pour ses paroles, mais surtout pour son regard mystérieux.

Quelques semaines plus tard, je l'ai surpris en grande conversation avec le Douanier :

« Marie ? C'est moi en femme. »

Mais qui est la muse de qui ? Mon art n'a jamais été aussi fort depuis que je connais Gui. Hier soir, au Bateau-Lavoir, il était taciturne. Sa publication sur Sade défrayait la chronique. Quand on le critique, l'être sensible se fait loup et se défend. Un verre à la main, il s'épanchait auprès d'Henri. De loin, je regardais ces deux silhouettes si différentes. Le Douanier est à l'opposé de Gui : sa barbe lui donne des allures de sage, et je l'ai toujours vu comme un visionnaire. Parti de rien, douanier au port pour payer son loyer, il a peint comme on respire : naturellement, farouchement, de façon vitale.

« Mais enfin, Kostro, si je me morfondais à la moindre critique, je ne peindrais plus ! Est-ce cela un artiste ? Une personne qui cesse de faire ce qui l'anime, sous prétexte que d'autres la critiquent ? Je te rappelle les articles de presse après mon exposition au Salon des indépendants ? »

Il a pris une voix pincée, je n'ai pu m'empêcher de rire :

« "C'est l'œuvre d'un enfant de dix ans qui a voulu peindre des bonshommes." Penses-tu que j'aie la tête d'un môme de dix ans ? Crois-tu que j'aie aimé cette critique ? Et qu'ai-je fait, d'après toi ? J'ai consigné les coupures dans un tiroir, et j'ai repris mon pinceau : mon doigt d'honneur à ces mal embouchés. Et tu sais quoi ? Si mes peintures sont comparées à celles d'un enfant, c'est le plus joli des compliments, car eux seuls savent regarder le monde. »

Au même moment, près de la cheminée, Pablo, en train de bourrer sa pipe, a relevé la tête. Henri a continué, en chuchotant presque :

« Il m'a fallu cinquante ans pour apprendre à dessiner comme un enfant. Crois-moi, un jour, notre talent sera compris. C'est pour cette raison que je veux vous immortaliser, Marie et toi. Le poète et sa muse, par-delà les temps. »

Pablo a plissé les yeux, Gui a soufflé, puis s'est mis à rire.

« S'il n'y a que ça pour te faire plaisir ! Commençons demain ! »

Il m'a cherchée du regard, j'ai acquiescé d'un sourire.

Aujourd'hui, le chat noir joue avec les brindilles de la cour puis s'échappe par un trou dans le grillage à l'arrivée de Gui et du Douanier. La séance peut commencer.

Au bout de vingt minutes de pose, je ne tiens plus et éclate de rire. Double décimètre à la main, Henri ferme les yeux et mesure, après les miens, les traits du visage de Gui. Il reporte scrupuleusement les chiffres sur le coin d'une feuille blanche. Je regarde Gui en biais, notre sourire complice parle pour nous.

Nous savons que le Douanier ne respecte aucune proportion, son imaginaire sera souverain quand il commencera à peindre. Nous l'aimons pour cette raison. Une chose est certaine : la toile finale ne nous ressemblera pas, car elle nous transcendera ; les générations futures seront le témoin de notre amour.

CHAPITRE 5

« Comment te sens-tu ? »

Je ne savais pas vraiment où j'étais, le néon au-dessus de ma tête ne rendait pas mon réveil facile, des draps rêches, un petit lit. Tout devint plus clair quand je lus « Hôpitaux de Paris » sur la couverture. Le visage inquiet de Louise ne me donna guère envie de répondre, ni de revenir à la réalité. Elle continua, comblant de ses paroles un trouble qu'elle n'arrivait pas à cacher.

« Avant ton réveil, tu murmurais des paroles indistinctes. J'ai seulement compris "café de Flore", répété plusieurs fois. Le garçon de café a dit aux pompiers que tu sortais de ce restaurant quand le vélo t'a percuté. Tu y as oublié quelque chose, tu veux que j'y aille ? »

Les idées s'entassaient dans ma tête sans réelle logique ; dans mon esprit, je venais tout juste de quitter un atelier de peinture. À chaque inspiration, je sentais encore les effluves de gouache emplir mes narines, et dans mes oreilles résonnait la voix d'une Marie. Tout se confondait : dans le livre, j'avais croisé le nom de peintres à côté de celui de Guillaume Apollinaire, ils étaient ses amis et le Douanier avait même peint le couple avant sa séparation. J'y avais aussi appris qu'à sa mort Marie Laurencin avait voulu être enterrée avec les lettres reçues de son poète. Quel symbole fort que celui d'être liée pour l'éternité aux messages de son ancien amant. Quel rôle avait-il pu jouer pour elle ? Leur séparation datait d'avant la Première Guerre mondiale, et pourtant, jusqu'à sa mort, en 1956, elle avait continué de penser à Guy. Se pouvait-il que cet homme ait eu autant d'influence sur cette femme ? Mon rêve était-il la conséquence de ma balade dans le quartier de Saint-Germain ? Pourquoi avais-je la sensation de l'avoir vécu ?

« Tu connais Marie Laurencin ? », demandai-je.

Louise me regarda, incrédule et quelque peu suspicieuse.

« Du tout. Qui est-ce ? Une nouvelle amie rencontrée à la fac ? »

Je n'écoutai pas sa jalousie naissante et continuai :

« C'est une peintre, elle a été la compagne d'Apollinaire pendant quelques années, ils ont même été peints ensemble. »

Mais Louise, circonspecte, porta sa main à ses lèvres et mordit le bord de ses ongles. Je lançai un timide sourire pour la rassurer.

« J'ai du mal à saisir : pourquoi parlais-tu du Flore dans ton rêve, et pourquoi maintenant me parles-tu de cette femme ?

– Peux-tu chercher "la muse inspirant le poète" sur ton téléphone ? »

Agacée, elle me tendit l'appareil : sur l'écran, le tableau montrait deux silhouettes complètement disproportionnées. J'émis un petit rire et repensai à mon père et à son exactitude maladive. Un jour, alors que je m'émerveillai sur la dentelle à contre-jour d'une feuille en décomposition, mon père s'était approché de moi et m'avait parlé de cinétique et de réactions chimiques azotées, puis il avait ramassé un bâton au sol et avait tracé des équations. Son monde, fait de formules, passait à côté de la beauté des choses.

Louise me sortit de mes pensées :

« Tu es franchement bizarre, ce doit être le contrecoup de ton traumatisme crânien. Repose-toi, j'en profite pour faire un saut au travail, je dois terminer une tâche urgente. »

Je fermai les yeux, davantage pour fuir une situation qui m'échappait que pour me reposer. Sans doute Louise avait-elle raison, mon rêve était la conséquence de cet accident, mais comment expliquer ma journée dans Paris, à la recherche d'Apollinaire ? Avant même l'accident, depuis mon retour du cimetière, cet homme m'obnubilait. Depuis deux jours, quelque chose dégénérait, et cela ne me ressemblait pas. Louise me définissait comme un doux, un calme, un être de la juste mesure.

Depuis que je la connaissais, nous ne nous étions jamais disputés ; je cherchais à la tempérer, à discuter, à comprendre. Rien dans mes souvenirs ne portait la trace du conflit. Petit, j'avais suivi la ligne tracée par mon père, et jamais je ne m'étais rebellé. À l'âge adulte, j'avais continué sur le même tempo : après des études d'allemand, j'avais passé mon Capes et me contentais de ce que la vie m'offrait. J'étais déjà vieux à vingt ans, et j'en tirais une sorte d'orgueil. Homme sans fantaisie, jamais mélancolique ou soucieux de quoi que ce soit, j'étais un compagnon aimant et attentionné. Je remplissais mes objectifs de façon métronomique et même ma rencontre avec Louise avait été planifiée : je l'avais séduite après avoir eu mon concours, car je m'étais interdit de tomber amoureux avant.

Toutefois, ces deux derniers jours m'ouvraient une voie méconnue, celle d'une personne affranchie des codes. Le poète me galvanisait et peuplait mes secondes.

Mon esprit était tel un naïf face à la promesse d'une nouvelle aube.

Le bruit d'une porte, celle de ma chambre, me sortit de mes réflexions. Un infirmier moustachu à la Salvador Dalí s'approcha de mon lit. Il me rassura, les examens ne révélaient rien d'anormal.

« Rentrez chez vous. »

Le cauchemar de cette journée prenait fin, j'inspirai et souris avant d'envoyer un bref message à Louise, puis demandai à l'accueil où se situait l'arrêt de bus. Je sortis comme un voleur. Quand les portes vitrées se refermèrent derrière moi, je poussai un profond soupir. Je quittai l'odeur âcre de javel et de médicaments qui m'étouffait.

*

Dehors, la nuit tombée m'offrit ses guirlandes lumineuses, je longeai l'hôpital. Dans ma poche, mon téléphone vibrait à un rythme régulier, Louise sans doute. Des phares au loin me rassurèrent, le bus arrivait : quand ses portes s'ouvrirent, une chaleur humaine m'accueillit de son mélange délicat de transpiration de fin de journée, de friture du midi et de parfums tenaces et capiteux. Je trouvai une place dans le fond.

La buée sur les vitres coupait les passagers du reste du monde, les personnes montaient et descendaient dans un flux continu, certaines me bousculaient de leur sac, d'autres s'excusaient de me frôler. Au cinquième arrêt, il y eut du tumulte, des voix s'élevèrent contre quelqu'un. Bientôt, le murmure grossit et afflua par vagues, je me penchai et découvris une vieille dame qui peinait à traîner son cabas. Elle vint s'asseoir à côté de moi. Le bus repartit et les bougonnements cessèrent.

Quand elle enleva son bonnet et passa la main dans ses cheveux, un parfum de violettes me chatouilla le nez. D'emblée, elle me fut sympathique. Le bus tourna un peu trop violemment, des grognements parcoururent le bus, des passagers se retinrent comme ils pouvaient pour ne pas tomber sur leur voisin. À ce moment précis, cette dame posa sa paume sur mon bras puis le serra. La poigne était vraiment ferme pour son âge. Sans relâcher son emprise, elle engagea la conversation :

« Vous savez, mon cher monsieur, que j'ai connu la guerre ? La Première, hein, pas la Seconde ! »

Mais quel âge avait-elle ? Dans ses yeux d'un bleu fatigué dansaient des souvenirs impérissables. Des cheveux blancs qui avaient dû être blonds : je n'aurais pas été étonné si elle avait eu un accent allemand. Face à son grand front et son port altier, je baissai le regard.

« Je suis une polack, monsieur, continua-t-elle en relevant le menton. Il fallait voir comme ma mère m'éduquait, quand j'étais gamine. Et seule, par-dessus le marché ! Nous habitions un petit appartement dans Paris à cette époque, ce n'était pas comme aujourd'hui, où tous les parents démissionnent. J'étais élevée à la dure, mais aimée ! Faut pas croire ! Et je ne vous parle pas de notre voisine, elle était encore plus intraitable avec ses deux fils. À la mort de ma mère, j'ai récupéré des lettres qui parlent de cette femme. Aujourd'hui, je ne voudrais pas que ce témoignage disparaisse avec moi… »

Elle fouilla dans son sac, qui me parut immense. Elle en sortit enfin une enveloppe, qu'elle me tendit.

« Je vous la confie. »

Je restai éberlué, tant la situation était absurde. Sur l'enveloppe aux bords jaunis, une écriture désuète, aux lettres déliées et rondes, d'un autre temps. J'avais de nombreuses questions à poser à cette dame, mais quand je relevai la tête plus personne n'était assis à mes côtés. Seul flottait encore un parfum de violettes. Il ne me restait plus qu'à ouvrir l'enveloppe : le bus venait d'atteindre la forêt.

CHAPITRE 6

La mère de l'inconnue du bus, 1918

À l'enterrement du fils d'Olga, j'étais là : je suis toujours à ses côtés, nous avons émigré ensemble de Pologne, les liens sont imputrescibles. Elle fut la première à avancer vers le trou. Cette femme aux yeux de musaraigne enterrait son fils, son petit, son Wilhelm. Elle ne l'avait jamais choyé, certains disaient qu'elle l'avait eu trop tôt, à un âge où la fête coulait encore dans ses veines, où les regards des garçons se posaient sur sa silhouette, ivres de ce désir qui exsudait sur elle comme ces grosses grappes de sève sur le tronc des pins l'été. De ses jeunes années, cette femme avait toujours le port de tête d'un aigle, et même si ses plumes s'étaient teintées de gris sur les tempes, elle gardait de sa superbe.

Elle s'avança vers le trou, vaguement hésitante, à pas mesurés, comme une louve qui renifle le corps de son louveteau blessé, ne sachant pas bien si son petit était mort ou encore vivant. Elle approcha du bord, le visage penché comme une virgule qui ne veut pas qu'une histoire s'arrête : Wilhelm était mort, mais elle n'y croyait pas.

Il était né le 26 août, jour de la Sainte-Natacha, et avait accompagné de ses cris les dernières chaleurs de l'été. Avant son accouchement, Olga s'était traînée comme ces chevaux de trait conduits par son grand-père, les naseaux écumants d'une rage contenue, les pattes doublées de volume et des veines du même violet que les betteraves trop cuites de son enfance. Elle détestait ce corps distendu et vergeté qu'elle ne reconnaissait plus, son sang était devenu aussi gras que cette terre polonaise qu'elle avait fuie.

Après avoir quitté Nice et ses créanciers, Angelica de Kostrowitzky avait changé son nom pour Olga Karpov, mais cela ne l'avait nullement rendue maman. Une fois, cette demi-mondaine abandonna ses deux bâtards dans une riche pension et partit jouer au casino. Les mauvaises langues disaient que ses deux enfants naturels, Wilhelm et Albert, étaient les fils d'un noble officier italien et que celui-ci les avait délaissés, laissant la jeune mère exilée aux abois. Rares ensuite furent les fois où Olga se sentait apaisée. Les jeux d'argent la dépouillaient autant qu'ils la sécurisaient. Le temps d'une respiration, elle avait l'esprit vide, ses yeux suivaient l'ivoire tressauter du noir vers le rouge, elle souriait, puis elle perdait.

Ce matin, proche du trou, Olga leva sa main remplie d'une terre argileuse. Pleine de promesses avortées, elle murmura des paroles en polonais que personne ne saisit, sauf moi. Jamais de sa vie elle n'avait voulu être comprise, seulement être aimée. On s'approcha d'elle, elle ne connaissait personne, elle eut pour eux le même regard sec que la jument derrière elle, entortillant un mouchoir autour de son index, puis promena son visage sur les allées des soldats étrangers morts pour la France. Son fils, naturalisé français depuis peu, serait sous terre avec les autres, les polacks, les métèques. Il resterait toujours un étranger, comme elle.

Jamais elle ne comprit son aîné, jamais elle ne lut ses poèmes, qu'ils fussent signés « Guillaume Macabre », durant sa jeunesse, ou « Apollinaire » ; jamais son cœur ne battit à la cadence des mères. Pour elle, la mort de son fils était à l'image de sa vie : petite. Parti au front, il était mort bêtement de la grippe espagnole sans rapporter une médaille à accrocher à son plastron. Olga finirait seule, sans pension, comme cette femme rousse au bout de l'allée qui la regardait, la défiant comme ces ridicules chiens craintifs au pelage clair.

Mais Olga ne pensait qu'aux pieds dans ses chaussures trop étroites, elle n'avait que faire des lamentations de la femme de son fils, et puis le destin faisait bien les choses : Albert, son fils préféré, était toujours en vie. Elle dut rêvasser à son passé, car son visage s'éclaira à cet instant. Elle me confiait souvent qu'elle aimait se souvenir de l'odeur des frênes, du rire de ses enfants à la lisière du monde des adultes, des lumières du casino qui vacillaient quand il était déjà trop tard pour rentrer, et de Jules, son compagnon de jetons.

« La belle époque », comme elle adorait me le rappeler.

Elle avait laissé ses deux garçons en pension à Stavelot en Belgique, faisant croire à l'aubergiste qu'ils étaient des aristocrates russes. Pendant un temps, elle gagna de l'argent – je le sais bien, je jouais avec elle. Avec son amant, elle était une femme affranchie et perdait son regard dans les hauts plafonds peints du casino, sur les lumières tamisées et les hommes élégants. Elle avait ce petit rire qui rendait les mâles fiévreux. Mais un soir, elle perdit tout, jusqu'à sa gaieté. Elle était ruinée. Le lendemain, elle mit ses derniers sous dans un mandat, obligeant ses enfants à la retrouver à Paris.

À leur arrivée, elle les avait accueillis en leur ouvrant ses bras, ils avaient passé quelques nuits à la belle étoile, dont une dans la forêt, et ils portaient sur eux une odeur douceâtre, comme ce linge qu'on a trop laissé dehors et qui sent le foin. Au sol, les chaussures boueuses avaient tracé les mêmes sillons que ceux d'un champ lors des récoltes. Mais ces deux ingrats s'étaient murés dans un silence étrange et s'étaient rués sur le cellier de la cuisine. Le bruit de leur mastication fut le seul récit qu'Olga eut de leur périple. Le lendemain, dans la chambre de Wilhelm, elle avait découvert des poèmes, qu'elle me montra avant de les chiffonner sans les lire, et de mystérieux dessins, comme ceux qui ornaient les contes de mon enfance.

Au cimetière, le jour faiblissait déjà. Quelques gouttes tombaient, certains s'étaient réfugiés dans le café le plus proche, levant un verre au chantre récemment décédé. Olga fit demi-tour, songeant à Albert, resté au Canada. Dans la pénombre, l'ourlet de sa robe décousu ressemblait à une toile d'araignée distendue sans aucune proie à avaler. Je la rejoignis. Qui d'autre ici-bas l'a aussi bien comprise que moi ?

CHAPITRE 7

Je hurlai au chauffeur de s'arrêter. Les gens dans le bus grommelèrent, d'autres se lamentèrent. Je criai de nouveau :

« Arrêtez-vous ! Maintenant ! Vite ! »

Derrière moi j'entendis :

« Mais il est malade ! »

Le bus pila et me rejeta sur une voie déserte. Alors seulement, je pris conscience de ma bêtise. Jamais je ne retrouverais cette femme, jamais je ne comprendrais par quelle incroyable coïncidence elle avait croisé mon chemin. Les bras ballants, l'enveloppe décachetée portée à bout de doigts, je n'eus qu'à rentrer chez moi. Je mis quelque temps avant de saisir où j'étais. Je regardai les horaires sur l'Abribus, malheureusement le service était terminé. Un rapide coup d'œil sur mon téléphone m'indiqua que le réseau ne fonctionnait pas dans ce quartier. Je réprimai un rire.

Autour de moi, la nuit dévoilait ses trésors, la ligne lumineuse des réverbères, les rayons de miel de la lune, comme l'avait écrit Apollinaire, rendaient mon périple moins hasardeux. Je perçus le craquement que des animaux créaient en marchant sur des brindilles et des feuilles dans le sous-bois, le hululement d'une chouette : ici, se développait tout un microcosme auquel je ne faisais jamais attention. Les ténèbres décuplaient mes sens.

Je cheminai depuis une vingtaine de minutes, lorsqu'il apparut devant moi : je distinguai tout d'abord des sons plus sourds, un corps plus lourd que les autres, des brindilles qui se pliaient sur son passage, et puis je vis ses bois. Je plissai les yeux : branches et bois étaient similaires. Quand son corps entier surgit sur la route et qu'il planta son regard dans le mien, je compris. Je ne pus que m'émerveiller et m'arrêter face à son pelage majestueux. À chacun de ses souffles, de la brume sortait de ses naseaux. Rien d'autre ne bougeait. Nous accordâmes nos respirations. La beauté de cet instant était si vertigineuse que je tendis le bras pour le caresser. Le cerf banda ses muscles, puis repartit dans le sous-bois, me laissant seul, la main tendue.

Quand j'arrivai à la maison, Louise m'accueillit d'un regard noir, fermé. Mille reproches grondaient en elle. J'étais parti de l'hôpital sans la prévenir, je n'avais pas répondu à ses appels et ses textos. Je lui fis un baiser rapide sur la joue pour me faire pardonner et tentai de lui parler de ma rencontre impromptue, mais elle éclata de rire :

« Un cerf par ici ? Franchement, tu es certain que le médecin de l'hôpital t'a laissé partir ? La prochaine fois, n'oublie pas de le prendre en photo, tu pourras me le montrer et ça te fera un souvenir. »

Je fis mine de ne pas entendre son ton acerbe et poursuivis :

« J'ai fait une autre rencontre étrange : dans le bus, une vieille dame m'a donné une enveloppe. »

J'ouvris mon sac et la cherchai. En vain. Derrière moi, Louise soupira, puis s'enferma dans la salle de bains. Où avais-je pu ranger cette lettre ? Dépité, je rejoignis mon bureau dont la lumière douce m'apaisa. Louise avait rangé l'appartement, et avait déposé le morceau de bois sur une pile de papiers administratifs. Dans la paume de mes mains, il me sembla différent des autres jours et, surtout, il dégageait une forte odeur d'amandes.

Je fredonnai :

Il y avait des fruits ronds comme des âmes
Et des amandes de pomme de pin jonchaient
Votre jardin marin où j'ai laissé mes rames

D'où ces vers remontaient-ils ?

J'eus soudain envie de punaiser sur le mur mes recherches sur Apollinaire. Pablo Picasso, Lou, Angelica, Marie. Tandis que l'imprimante sortait les différents portraits et remplissait l'espace de sa musique foliée, Louise me trouva en équilibre sur un tabouret, en train d'accrocher les affiches.

« Tu peux me passer Marie Laurencin ? »

Elle me jeta un regard exaspéré puis repartit comme elle était venue.

Il se faisait tard, je décidai de continuer ma décoration un autre jour et de discuter avec Louise, mais quand j'entrai dans la chambre, elle dormait déjà. Je me glissai sous la couette et pris un des livres sur ma table de chevet : les *Lettres à Madeleine.* D'après la biographie sommaire, il s'agissait cette fois-ci de lettres envoyées à une nouvelle femme, du nom de Madeleine Pagès et qui fut la fiancée d'Apollinaire après la fameuse Lou. L'épaisseur du recueil était plus conséquente, les échanges plus nombreux. La première lettre datait de 1915, et Apollinaire y parlait littérature. Son ton avait changé. Plus littéraire, et moins grivois, le poète montrait une autre de ses facettes. Ma curiosité fut bientôt étouffée par le sommeil, mes yeux se fermèrent pour s'ouvrir cent ans en arrière.

CHAPITRE 8

Madeleine Pagès, 1918

La vie est parfois étrange. Madeleine ne s'attendait pas à retrouver Guillaume à Oran, ce jour-là. Souvent, bien entendu, elle pensait à lui, et il lui suffisait de croiser un homme en complet noir pour confondre leurs silhouettes. Depuis son enfance, Madeleine, dite Mado, avait ce pouvoir : réveiller les moments vécus, renouer avec le son d'une voix amie, se rappeler les baisers de son amant ou ses amoureuses morsures. Madeleine et Guillaume s'étaient quittés depuis deux ans, mais, au moment de s'endormir, la jeune femme aimait provoquer de nouveau certains plaisirs que Gui lui avait révélés.

Ce jeudi-là, elle n'imaginait pas lire une telle nouvelle.

« Hier, le poète Guillaume Apollinaire est mort. »

Elle referma le journal et tomba sur la date : dimanche 10 novembre 1918. Elle remit nerveusement une épingle de son chignon qu'elle enfonça trop fort. La douleur descendit jusque dans ses tempes. Trois semaines qu'il était mort, mais elle venait seulement de l'apprendre dans les entrefilets, au bas d'une annonce reléguée en fin de journal, loin derrière l'actualité brûlante de la fin des combats. Mort. Et elle avait failli ne pas le savoir.

À Oran, les nouvelles françaises tardaient à arriver. Il y avait toujours un décalage entre la France et l'Algérie, ce retard ne gênait pas Mado habituellement, mais, ce jour-là, la triste réalité rattrapa la rêveuse qu'elle était. Elle n'y croyait toujours pas, elle ouvrit de nouveau le quotidien, les mots noirs annonçaient toujours la funeste nouvelle. La jeune femme cherchait le canular, une plaisanterie de l'esprit facétieux de son ancien amour, mais Guillaume était bien mort le 9 novembre 1918.

Elle porta la tasse à ses lèvres, le café était déjà froid. Soudain il y eut trop de vacarme, de rires gras, d'haleines chargées d'alcool. Elle jeta quelques pièces sur la table puis sortit du restaurant. Le trop-plein de vie était devenu insupportable. La porte se ferma avec bruit, ce qui anesthésia l'agitation, mais pas la peine de Madeleine.

Les rues d'Oran étaient bondées par la foule du marché. La jeune femme avançait avec difficulté, c'est à peine si elle sentit la moiteur des gens et l'odeur des épices. Des enfants de l'école la reconnurent et l'appelèrent, elle accéléra le pas. Bientôt, le monde fut derrière elle, elle s'engouffra dans le labyrinthe des ruelles, s'y perdit, mais continua. De façon ironique, ses enjambées la conduisirent au cimetière. On y enterrait quelqu'un. Elle regarda le groupe de loin, puis s'approcha jusqu'à s'y noyer. Elle ne les connaissait pas, mais il est toujours plus simple de pleurer avec des inconnus.

Après quelques paroles du diacre, on suréleva le cercueil, les cordes glissèrent autour du bois, les hommes peinèrent à trouver un point d'équilibre et l'instant fut aussi long qu'une vie. La descente lui parut interminable. À côté de Mado, certains pleuraient ; d'autres se mouchaient à grand bruit ; d'autres encore portaient des cernes de douleur, des yeux rougis, une peau flétrie :

ils n'étaient plus des étrangers, car ils partageaient ensemble une même peine. Quelqu'un lui tendit une rose qu'elle prit machinalement. Madeleine sentit au passage son odeur de vie, puis l'abandonna au fond du trou.

Elle imagina le corps de son poète dans un autre cercueil. Celui qu'elle avait sous les yeux lui paraissait tellement petit, comment pourrait-il tenir dedans ? Le ciel, envahi de mouettes criardes, se chargea d'ombres. Soudain, Madeleine sentit la caresse d'un doigt, un frôlement qui remontait lentement vers la manche de son chemisier. Elle tressaillit. Ce n'était qu'un insecte venu se poser sur son avant-bras. Elle eut un sourire triste et le chassa.

Alors seulement, elle se détourna de cette cérémonie où elle n'avait guère sa place et parcourut les allées. Au loin, elle aperçut les vapeurs d'un train qui filait vers Arzew. Bientôt, elles se confondirent avec les nuages. Finalement, elle avait passé sa vie à attendre Guillaume, attendre ses lettres, ses permissions, ses baisers, son engagement, mais elle ne s'attendait pas à la nouvelle de sa mort. Ces dernières années, elle s'était morfondue sans se rendre compte que cette tristesse était plus douce que le deuil, qui, lui, n'accepte aucun retour.

Au-dessus d'elle, les palmiers bruirent d'une plainte contenue, ils lui rappelèrent leur escapade, ici, à Oran. Un voile obscurcit ses yeux, aux souvenirs joyeux des retrouvailles se mêlaient des plus âcres. Elle se remémora cette excitation fébrile, quand Gui lui annonça qu'il passerait Noël avec elle, à Oran, dans sa famille. Ils s'étaient connus un an plus tôt, dans un train : il revenait de permission, elle repartait à Oran. Puis, quelques mois plus tard, ils n'avaient cessé de s'envoyer des lettres.

Elle relisait souvent la première :

La forêt m'entoure avec ses noirs repaires. Entre les branches voici le ciel qui me donne la tendre impression d'un œil bleu-noir, immense et fidèle.

La couleur de ses yeux. Et puis, quelques mois plus tard, il lui avait fait sa demande. Toujours par courrier. C'était un pari fou, ils ne s'étaient vus qu'une seule fois, mais la guerre rendait l'urgence différente : l'évidence était là, il fallait la cueillir avant qu'un obus ne vienne l'éclater.

Les premiers jours en Algérie furent incroyables. Gui ne cessait de crier dans la rue :

« J'émerveille ! »

Madeleine, qui était professeur de lettres, s'offusquait de la faute de syntaxe, mais il était ainsi, il aimait révolutionner le monde et la langue. Longtemps, ses soirées avaient été marquées par la lecture, longtemps les contes de fées l'avaient bordée, et Gui était l'incarnation de ce rêve éveillé.

La famille avait bien accueilli ce premier amour de Madeleine. Orpheline de père, elle était très entourée par ses cinq frères.

À la mort de son mari, un philosophe et professeur de renom, sa mère avait pris les rênes du foyer. Son port de tête faisait se détourner les regards masculins les plus méprisants. Cette femme vouait un culte à l'Algérie, un pays en pleine expansion économique. Le dernier soir, elle discuta longuement avec le fiancé de sa fille. Quand elle prit la parole, un nuage noir passa au-dessus du patio et ternit la lumière de cette fin de journée de décembre.

« L'Algérie est le pays de l'avenir. En France, l'État est aussi essoufflé que l'arrière, le pays entier est suffocant. Mon père est arrivé à Oran en 1880. Dans l'Hérault, ses terres avaient été touchées par le phylloxéra et il ne tirait plus aucun bénéfice de ses vignes. En France, il faisait "pisser la vigne", comme il aimait à dire en fin de soirée, tandis qu'en Algérie, la qualité est là. Mon frère pourrait vous en parler, il a signé une pétition en 1905 sur la surproduction et le sucrage du vin. »

Gui l'écoutait attentivement, il se souvenait de cette pétition : fin gourmet, il lui arrivait de retourner une bouteille au sommelier, lors de soirées à Saint-Germain-des-Prés.

« L'avenir économique est ici, pas en France ; l'économie viticole nous le démontre aisément. Moi vivante, il est hors de question que ma fille quitte ce pays. »

Une veine battait contre sa tempe. Madeleine regarda Gui, puis sa mère, avant de baisser la tête.

Le lendemain, Mado invita Gui à une dernière balade champêtre : sa permission était terminée, il reprenait le bateau le soir même. Tous deux avaient le cœur lourd de promesses avortées. Plus ils s'éloignaient de la ville, plus Gui se raidissait. Un regard dans sa direction lui confirma cette impression :

« Où sont mes chênes, mes hêtres et mes sapins ? »

Dans la campagne oranaise, la végétation déroutait le poète. Mado avait présumé que la flore lui ferait penser à son enfance, à Nice ou Monaco, mais Gui avait définitivement tourné le dos à sa jeunesse dans le Sud, qui lui rappelait de mauvais souvenirs. À cet instant précis, il avait le visage d'un enfant perdu. Mado rit pour désamorcer une situation qu'elle craignait, mais son rire s'éteignit dans sa gorge. Son fiancé était rongé par quelque chose dont elle n'arrivait pas à comprendre l'ampleur. Les montagnes vosgiennes appelaient le poète et le ramenaient vers elles.

« Jamais je ne pourrai m'installer ici. »

La déclaration prophétique sépara les deux amoureux. Madeleine lâcha la main de Gui et son corps fit un écart sur le côté. Il est des liens difficiles à briser : face à l'emprise maternelle, elle était restée une petite fille, et il lui était inenvisageable de décevoir sa mère âgée. Le clairvoyant Gui l'avait bien compris.

Le même soir, quand il monta sur la passerelle du bateau qui le ramènerait en France, Madeleine vit dans ses prunelles le reflet des hauts pins vosgiens, une barrière végétale impossible à franchir. Leurs lettres restèrent enflammées quelques mois, car leur amour était sincère ; mais il était impuissant à rompre ces liens familiaux. Progressivement, comme des feuilles en automne, les échanges se firent plus rares, puis s'arrêtèrent en novembre 1916. Deux ans plus tard, durant ce même mois qui avait vu mourir leur amour, Apollinaire cessait de vivre.

Le jour était déjà tombé, Madeleine continuait d'arpenter les allées du cimetière. Personne ne l'attendait chez elle, sa mère était morte. Au loin, elle entendit l'ultime appel du cargo en partance vers la France et remit un peu trop fort l'épingle de son chignon. Une manie qu'elle ne pouvait s'empêcher de garder, malgré la douleur qui descendait jusque dans ses tempes.

Les yeux perdus dans la cime étalée des cyprès, elle imagina sa soirée : elle prendrait cette boîte qui renferme les lettres et les cadeaux de Gui, et elle l'ouvrirait comme on descelle un cercueil. Si la mort était son avenir, le passé serait son quotidien. Elle ne pleurerait pas : son corps était sec des mille joies qu'elle n'avait pas vécues.

CHAPITRE 9

Je me réveillai en sursaut, le livre tomba par terre. Ma lampe de chevet était toujours allumée, j'avais dû m'endormir en pleine lecture. Comment diable avais-je pu faire ce rêve ? C'était insensé, les lettres parlaient de la relation entre le poète et Madeleine, et jamais je n'avais lu quoi que ce soit sur ce que Madeleine avait vécu après la mort d'Apollinaire.

Le corps parcouru de frissons, je me levai et mis un pull avant de m'asseoir à mon bureau. Mes recherches sur Madeleine défilèrent sur l'écran, et tout se révéla exact : la jeune enseignante avait continué de vivre à Oran et ne s'était jamais mariée. La lumière bleue de l'écran scintillait devant mon visage hébété. Soudain, j'eus envie de cesser de lutter, de me laisser porter, comme cette vague qui submerge et emplit au moment de faire l'amour. Faire tomber les masques, les gênes qui embourbent le corps et les souffles. J'eus envie de m'émanciper comme Lou, de m'envoler, faire mon aviateur. Devant cet écran, je voulus croire en ces rêves dont la raison m'échappait encore, mais qui cheminaient déjà en moi et creusaient une multitude de galeries. En attendant, je les gardais pour moi, avec cette certitude qu'un jour la révélation surgirait. Malgré le pull, je grelottais toujours, sans doute avais-je pris froid en sortant de l'hôpital. Je retournai me coucher et serrai Louise dans mes bras, un peu plus fort qu'habituellement. Sa chaleur me rassura.

Le lendemain, au petit-déjeuner, me revint en mémoire mon rêve de la veille : je repensai aux choix de vie d'Apollinaire. Se pouvait-il que des arbres aient été la cause de la rupture entre Apollinaire et Madeleine ? Entre deux biscottes, je tournais fébrilement les pages du recueil des *Lettres à Madeleine.* La postface restait très vague sur les raisons de leur séparation : certains évoquaient l'éclat d'obus reçu en pleine tête, d'autres parlaient d'une femme trop pressée de se marier. Le livre ne m'apportait pas assez de précisions, il me fallait en apprendre plus.

J'eus envie de me balader, de partir à la recherche du poète à travers les lieux qu'il avait fréquentés. Je pris mon guide, puis je déambulai sur le boulevard Saint-Germain jusqu'à l'ancienne avenue Mercédès où j'attendis, à l'instar du poème d'Apollinaire, que la prophétie des courants d'air épiques se réalise. Arrivé rue Henner, au pied de la butte Montmartre, j'imaginai le poète revenir chez lui, avec son éternel chapeau noir ; et quand sonna l'angélus de l'église Saint-Merri, j'avais sur les lèvres le sourire d'un homme accompli. Il y avait bien longtemps que je n'avais pas été aussi heureux : Apollinaire me galvanisait et me portait. Je me mettais à sa place et, cent ans plus tard, je cherchais ses traces, comme si sa mort n'avait jamais eu lieu, comme s'il déambulait toujours dans les rues de Paris, les poches débordant de poèmes griffonnés. Réalité et fiction se mêlaient.

J'en discutai avec Philippe, devant notre bière du vendredi soir. Il me regarda longuement, soudain pensif, puis leva la main pour commander une nouvelle pinte. Au moment de trinquer, il se pencha vers moi, comme pour m'apprendre un secret inavouable.

« Je sais que tu n'aimes pas qu'on aborde ce sujet, mais n'as-tu jamais pensé que si tu rêves de toutes ces femmes, c'est justement parce que tu as manqué d'une mère ? »

Je baissai les yeux, les regards trahissent l'âme.

Ma mère… Le sujet était épineux : quand j'étais plus jeune, mon père m'avait interdit d'en parler ; et une fois adulte, je m'étais conformé à ce que j'avais toujours appris et me taisais dès qu'une personne l'évoquait. Ce soir-là, j'osai :

« Je ne t'ai jamais raconté, Phil, pourtant ça fait un bail qu'on se connaît. Un truc tout bête : pour imaginer quelqu'un, nous faisons appel à nos sens. Moi, je n'ai aucun souvenir du visage de ma mère. Son visage, son odeur, l'éclat de son rire, rien ne me la rappelle. Ou plutôt tout. Tantôt elle porte un parfum enivrant, tantôt un floral, d'autres fois aucun. Une sorte de champ des possibles à la fois infini et vain. Ma mère peut ressembler à Lou ou à Madeleine. »

Dans mon verre, la mousse résista un peu avant de s'étioler sur la paroi. Philippe se leva et partit jouer une partie de fléchettes.

J'avais rencontré Philippe au collège. À cet âge, chacun attribue un rôle : j'avais endossé celui de l'invisible ; Phil, celui de l'insaisissable. Derrière un visage impassible, on ne savait jamais ce qu'il pensait. Un matin de printemps, tandis que j'étais assis près du hangar à vélos, il avait lorgné par-dessus mon épaule et avait vu que je révisais mes déclinaisons d'allemand. Mon père avait voulu que j'intègre une bonne classe et avait coché cette seconde langue, sans m'en parler. Le garçon avait pris mon cahier des mains, et nos regards s'étaient croisés : les siens étaient d'un noir corbeau, franc, direct, un qui te fait baisser les yeux. Contre toute attente, j'avais continué à le dévisager. Il avait entamé :

« Pourquoi révises-tu ? C'est simple ! »

Je haussai les épaules :

« Je peine sur les formes verbales et les déclinaisons. »

Il m'avait aidé, et nous étions devenus amis. Quelques années plus tard, il m'avait embarqué avec sa famille sur les rives du Rhin, et m'avait offert ma première cuite.

En le regardant, ce soir, je compris quels étaient les fondements d'une amitié et me surpris à réciter :

Le Rhin le Rhin est ivre où les vignes se mirent
Tout l'or des nuits tombe en tremblant s'y refléter

Il est des vers qui s'emboîtent et ricochent dans nos vies des années après.

Le lundi suivant, je commençai des recherches à Beaubourg. Philippe m'avait rassuré, il avait donné une raison logique et freudienne à cette nouvelle quête. Les larges baies vitrées de la bibliothèque m'accueillirent, et, dans cette tour d'ivoire, la vue de Paris à mes pieds me vivifia. Mon travail fut frénétique. Le lendemain, j'y retournai dès mes cours terminés pour empiler les connaissances et noircir des pages. Sur le trajet du retour, j'ouvris mes carnets comme des malles aux trésors.

Je découvris à Apollinaire une enfance particulière : né de père inconnu et ballotté de région en région par une mère peu aimante. Rapidement, il devint pour moi ce frère que je n'avais jamais eu. Un jour, je tombai sur une photo qui me surprit et en fis une photocopie pour la montrer à Louise le soir même.

« Tu ne trouves pas que nous avons le même front ? »

Louise me regarda et éclata de rire. Elle me passa une main dans les cheveux :

« Tu m'inquiètes un peu. Ces derniers temps, tu ne parles que de Guillaume Apollinaire. Et ton master ? »

Je la tranquillisai, lui expliquant que c'était un hobby qui me passerait, que c'était sans aucun doute une liberté que je m'accordais après une année d'études agrégatives. Je me cherchai d'autres excuses, en ajoutant que c'était un poète qui adorait les légendes du Rhin, qu'il pouvait me servir pour mes études. Je coupai court à la conversation et me replongeai dans le poème des Nibelungen.

*

J'allais toujours en cours, mais, devant ma feuille, mon esprit s'égarait, obnubilé par mes recherches sur Apollinaire. Chaque jour, j'apprenais à aimer un peu plus cet être fantasque épris de nouveautés : en miroir, mon existence parut étriquée, presque monotone. Soudain, j'eus soif d'absolu et de liberté, je brûlais de briser cette ligne droite qu'on m'avait imposée ou que je m'étais forgée seul. Le poète me façonnait, me redonnait des contours que je ne me connaissais pas, un souffle de vie dont je goûtais chaque caresse. Son énergie créative me fascinait : rien ne semblait l'arrêter, cet homme était un touche-à-tout jamais rassasié, toujours en quête de nouvelles formes poétiques, d'un art aux limites inexplorées.

Parallèlement à cette quête intellectuelle, je me mis à me promener. Chaque dimanche, il fallait que je sois en contact avec la forêt. Par chance, derrière chez moi, se trouvait un bois assez grand pour y déambuler une petite heure. J'y allais seul, chaque pas m'enlevait les oripeaux du quotidien. Je mettais mon âme à nu et lisais, recueil à la main, les poèmes d'Apollinaire.

Pour la première fois de ma vie, je pris conscience des arbres qui m'accompagnaient : loin des images d'Épinal, ils se montraient eux aussi dans leur nudité la plus morne, branches sans feuilles et troncs au pied boueux. Mais malgré leur dénuement, ils restaient dignes ; malgré la perte du soleil nourricier, ils se tenaient debout, prêts à un éternel recommencement.

Je marchais toujours à la même heure, dans l'attente de ces minutes à la lumière particulière, un peu avant le crépuscule, que certains appellent « l'heure dorée ». Le ciel se transformait en camaïeux carminés, du vermillon le plus vif au jaune le plus clair. La brume hivernale se mêlait à ce ballet coloré qui éclatait avant de perdre ses couleurs, puis venait le crépuscule, et, enfin, « l'heure bleue ». À ce moment précis, les oiseaux se taisaient, et la forêt exhalait ses parfums les plus intimes, la nature s'effeuillait comme une amante et me montrait ses richesses ; je m'arrêtais alors et prenais le temps de m'asseoir sur un tronc qu'on avait coupé, pour profiter de cette voûte céleste plus foncée qui avait soudain des teintes d'un bleu profond et accentuait l'ombre des arbres. Après la pluie, j'aimais ces ribambelles de champignons qui colonisaient les troncs et leurs alentours.

J'étais enveloppé dans un tout, je faisais partie moi aussi de cette nature sans cesse métamorphosée. Elle semblait me dire quelque chose sans jamais me le murmurer, c'était à moi de la déchiffrer, de comprendre ses couleurs et ses émois, comme ces vers que je lisais. Je pensais à sa métamorphose quotidienne, à ce qu'elle offrait au monde. La nature m'ancrait dans une réalité dont la beauté m'avait jusque-là échappé. Le plaisir de rêver sur ce banc, dans le silence de la forêt, était primordial.

C'est ainsi que les arbres devinrent mes amis.

CHAPITRE 10

Le fils de la muse

Je suis celui qu'on ne voit pas, je fais partie du décor, du paysage, je grandis sans que personne ne me remarque. Jeune, je porte pourtant en moi des savoirs millénaires que je ne dispense à personne, j'ai plus de souvenirs que si j'avais mille ans. Né aveugle et muet, j'écoute les hommes qui viennent au cimetière, leur langue est menteuse, je sais tout d'eux, ce qu'ils ont été et ce qu'ils seront, insouciants de leur triste condition.

Ma vie est là, dans son intensité lumineuse et taiseuse. Le souffle des choses m'apaise et me berce aussi lentement que le roulement des pierres dans la vallée. La brise me porte les senteurs, et, bien ancré dans ma verticalité, je ressens la racine des émotions. Le soleil me chauffe, je suis un contemplatif et l'un des gardiens des lieux.

Le jour où Apollinaire a été enterré, j'ai su qu'il se passait quelque chose. Des hommes et des femmes défilaient comme il en défile tous les jours, mais là, une poignée savait la valeur de l'homme qu'on mettait en terre : il y a des vibrations qui ne trompent pas.

Alors moi aussi j'ai voulu percer leur secret ; j'ai percé la terre, j'ai sondé l'air, j'ai sondé les pleurs de son ami Pablo, j'ai sondé cette âme qui venait de s'éteindre et qui désormais irradierait la terre grasse et noire du cimetière. Quand la brume de l'heure bleue est tombée sur le cimetière, j'ai répété son nom mille fois.

CHAPITRE 11

Quelques semaines après ma première visite au Père-Lachaise, j'y retournai. Je me devais de comprendre l'origine de ma métamorphose, de retrouver le lieu où tout avait commencé. Les allées du cimetière, en ce mois de décembre, étaient aussi tristes qu'en novembre. Le tapis de feuilles d'automne avait laissé place aux pavés gris et sombres d'un autre siècle, et peu de gens se risquaient à affronter l'hiver. L'endroit était vide du pas des vivants, mais rempli des histoires des morts ; les touristes préfèrent s'y balader l'été, armés de leur plan indéchiffrable : « Tu es certain que l'allée 73 est par là ? »

Je remontai l'allée bordée de chênes, ils me firent l'effet d'une haie d'honneur amicale. Une vision me vint à l'esprit, dont la fugacité n'eut d'égale que sa lucidité : face à moi, arbres et tombes se démultipliaient dans un équilibre certain. Je levai les yeux et vis une nuée d'étourneaux s'envoler d'un des platanes. Ils troublèrent un temps le silence du cimetière, puis tout redevint feutré. Sous mes pieds, racines et squelettes s'entrelaçaient, ils n'étaient plus qu'un, l'un devenait le terreau de l'autre. Sous terre, la cohérence du monde régnait.

J'étais arrivé devant le tombeau d'Apollinaire ; derrière, un corbeau piétinait le sol à la recherche d'une maigre pitance. Face au granit gris, je ressentis le même apaisement que lors de mes balades en forêt : mon souffle ralentit sans que j'en prenne vraiment conscience, et quelque chose d'indistinct m'emplit. J'aimais la tranquillité de ce cimetière, ces arbres hauts, dont les cimes formaient une arche protectrice au-dessus des sépultures. Loin des bruits constants de la ville, le temps s'amoindrissait et les défunts chuchotaient leurs histoires joyeuses. La mort efface les tourments, les peines et les souffrances. Les hommes ne retiennent des disparus que le bon, l'excellent ou la fantaisie ; tandis qu'au-delà de ces murs les vivants ne sont que petitesse, aigreur et vindicte.

Le moment me parut idéal pour le partager avec le poète : je le sentais vivant, près de moi, à m'écouter. Je m'accroupis devant sa tombe et sortis de ma poche une feuille pliée en quatre. Sous mes yeux, les mots du journal intime de Marie Laurencin dansaient. Ma voix s'éleva, cathédrale éphémère parmi les sépultures. Les morts se turent et tendirent davantage l'oreille.

CHAPITRE 12

Marie Laurencin, 1918

Je ne suis pas avec tes autres femmes autour du cercueil. Je n'y ai pas ma place. J'ai épousé l'ennemi, l'exil est désormais ma patrie. Dans ce pays chaud, je n'ai aucune amarre, c'est à peine si mes anciens amis se souviennent de moi. En me mariant avec un baron, j'ai perdu mes titres de noblesse. Je ne suis plus rien, je ne peins plus. J'erre seule dans les rues de Madrid, le cœur fendu. Les pigeons de la ville, ces rats des airs, sont devenus mes meilleurs compagnons. Chaque jour, je leur lance du pain rassis comme d'autres égrènent des lettres d'amour. Mais qu'importe, aujourd'hui l'art n'existe plus : mon Gui est parti. Hier matin, devant ma toile blanche, j'ai lu ce télégramme de Pablo.

« Notre ami est mort. Condoléances. »

Il était inutile de préciser de qui il s'agissait. Je le savais. J'aurais dû reconnaître les accents lugubres de la mort quand le facteur m'a tendu le courrier. Jamais personne ne m'écrit habituellement. Qui voudrait me parler ? À la lecture de ces cinq mots, le monde m'a paru encore plus vain. J'ai refermé mes tubes de gouache. Ma toile resterait blanche, comme ton linceul. Dehors, les premiers frimas tombaient sur la ville qui est désormais la mienne. En fin de journée, quand Otto est rentré, il m'a trouvée sur le lit, les yeux dans le vague. Immédiatement, il a su qu'un drame était arrivé. Il a suivi mon regard, puis a lu le télégramme. Il a haussé les épaules avant de sortir de la pièce. Dans le salon, j'ai entendu le liquide ambré du whisky remplir le cristal d'un verre, puis le silence. Il buvait.

Mon esprit divague, je suis avec toi, Gui, lors de notre dernier jour. Je ne te l'ai jamais dit, mais c'est la première fois que je voyais la haine dans les yeux d'un homme. J'ai présumé un temps que tu devenais fou. Je me souviens encore de cette petite veine qui palpitait contre ta tempe, de ton regard exorbité. Nous avions bu plus que de raison, la tempête éclatait sous nos crânes et tes mauvais mots engorgeaient mon esprit. Ta jalousie maladive, tes accusations, et la faiblesse que j'avais d'y croire, me mettaient à terre. Alors j'ai fui, je t'ai quitté.

Quelle connerie, quand j'y pense. Sans toi, je me suis oubliée. Aujourd'hui je peux te l'avouer, puisque ta mort dégonfle mon orgueil : je n'ai jamais aussi bien peint qu'à ton contact. Mon âme créatrice se libérait, mais mon corps sombrait. Cinq ans à t'aimer et à souffrir. Puis, plus rien. La valse des émotions a cessé du jour au lendemain. Je n'avais plus ton sourire, tes mots chantants, ton rire dans notre Bateau-Lavoir. Je perdais mes repères en même temps que ton corps, j'en suis sortie désarticulée. J'ai dû réapprendre à peindre, et aussi à respirer. Mon corps étouffait, mon esprit exultait. Quelle part choisir ? Suis-je une femme ou une artiste ?

Longtemps, j'ai cru que l'exil en Espagne rendait mes toiles muettes. De nouvelles couleurs, d'autres sensations, un langage à apprivoiser, j'étais redevenue une enfant aveugle de ses facultés. Mes pinceaux sont restés secs, et mon souffle coupé. Mais j'avais tort d'accuser le sol espagnol.

Aujourd'hui, cet éloignement m'étouffe davantage. Ils t'enterrent à Paris, et je n'ai pas le droit d'être à tes côtés. Je n'aurai pas la chance de te toucher une dernière fois, de te dire au revoir, et de commencer mon deuil. Je suis l'ennemie, la rejetée, la veuve inconsolable, désormais. Otto m'agace de sa candeur déguisée. Il me plaint, me susurre des mots auxquels je ne crois plus, quand il ne me frappe pas. Mon esprit est mort avec toi, tout comme ma créativité et le peu de talent que j'avais.

Ce matin, j'ai défait mon chignon, puis ma natte. Nue devant ma glace, je contemplais mes longs cheveux noirs et crépus. D'un geste vif, j'ai coupé une mèche épaisse. Mes yeux ont croisé le visage d'une femme à la chevelure déséquilibrée. Moi et mon sourire, une grimace tordue.

Ce soir, quand la lumière donnera au fleuve les teintes du trésor des Nibelungen, je jetterai ma tresse dans l'eau du Manzanares, ce sera mon unique hommage. Qui sait, ma mèche rejoindra peut-être tes mots-fleuves sous le pont Mirabeau ? En attendant, j'ai relu tes poèmes. Ils pallient la terrible absence. Sous eux, se cachaient aussi tes lettres : je n'ai jamais réussi à m'en séparer. Elles portent cette saveur mélancolique des jours anciens bénis. Je les lis avec avidité, même si chaque mot me lacère comme une sombre épine. Comment vais-je faire pour t'oublier ? Ai-je envie de t'oublier ?

Aujourd'hui, qui pourra me guider, me faire sentir à nouveau cette furie créatrice ? Je suis redevenue cette enfant myope qui ne sait plus dessiner. L'Espagne est ce pays qui m'impose ses nouvelles couleurs, je ne reconnais rien, je ne suis que l'oubliée. Va, repose en paix, mon Gui, je n'ai pas su t'apporter ce que tu désirais, j'en paye aujourd'hui le lourd tribut. J'ai perdu foi en la peinture, en l'amour, et, je crois bien, en la vie.

Plus qu'ennuyée, Triste
Plus que triste, Malheureuse
Plus que malheureuse, Souffrante
Plus que souffrante, Abandonnée
Plus qu'abandonnée, Seule au monde
Plus que seule au monde, Exilée
Plus qu'exilée, Morte
Plus que morte, Oubliée.

Marie Laurencin, « Le Calmant »

CHAPITRE 13

L'air s'était alourdi, le corbeau ne piétinait plus le sol et me contemplait de ses prunelles d'ébène aussi profondes que les tombes autour de moi. Dans le silence flottaient les mots de Marie. Je restai impassible face à la pierre tombale, attendant sans doute quelque charme ou prodige. Mais, accroupi, je n'eus que des fourmis me montant dans les deux jambes. Je m'agaçai de la trivialité de mon corps. La pluie commença à tomber et des gouttes formèrent des rigoles sur ma feuille, que je repliai puis glissai sous un pot de fleurs. L'averse se fit plus forte, mais je ne bougeai pas. L'eau dégoulinait le long de mon cou, puis dans mon col. Le corbeau s'était mis à l'abri dans un arbre.

Le matin même, j'avais recherché plus d'informations sur Marie Laurencin et, dans les archives, j'étais tombé sur ce poème. La détresse abyssale qui s'en dégageait m'avait poussé à enquêter davantage, j'avais exploré plus avant et exhumé son journal intime. À travers l'écriture fine et appliquée de Marie transparaissait le rôle du poète à ses côtés. Il y avait chez eux un miroir étonnant : qui était la muse de qui ? Qui rendait l'art de l'autre plus fort ? Fasciné par cette révélation, j'avais pris une feuille et avais recopié quelques pages du journal. Dans la bibliothèque, le poème m'avait pénétré de la même manière que cette averse. Transpercé et trempé de ces mots qui me bousculaient des années après qu'elle les eut écrits, je me reconnaissais dans Marie. J'étais sorti de la bibliothèque, puis j'avais fait la route jusqu'au cimetière sans réfléchir : j'avais une nouvelle importante à transmettre dont Apollinaire était le seul destinataire. De ma voix, je lui apportais des nouvelles de Marie, plus d'un siècle après.

Face à sa tombe, quelque chose me retenait, malgré le froid et la pluie ; face au granit de l'allée de la division 86, je n'arrivais pas à sonder ce mystère. Le vent se fit plus fort, des branches tapèrent contre la pierre, dans un rythme de plus en plus nerveux. Combien de temps serais-je resté si le gardien n'était pas venu me tapoter l'épaule ? Il grommela quelque chose, puis repartit en sifflant son chien. Le cimetière ne me révélerait rien.

Quand je refermai la porte de chez moi, dégoulinant de pluie, j'entendis la voix de Louise qui était au téléphone, sans doute avec sa mère :

« Dubitative… recherches… poète… balade… Jamais. »

Je m'enfermai dans la salle de bains, puis pris une douche bien chaude. L'eau me revigora, mes muscles se gorgèrent de sa force, il me sembla que j'étais une plante qui se redresse à peine arrosée, un être en pleine métamorphose, qui rompait avec une ligne droite pour épouser des courbes. Dans le miroir, mon physique ne laissait pas transparaître ce changement, j'étais toujours cet homme quelconque, mais ce n'était qu'une apparence, car sous le masque grouillait une nouvelle voix, une âme inédite composée de vers et de métaphores : Apollinaire me changeait, ou plutôt dévoilait celui que j'avais toujours été, mais que j'avais toujours tu. Grâce à la vie du poète, à ses écrits, je m'affranchissais désormais de mes anciennes souffrances, elle dissipait ce vide qui me hantait depuis l'enfance et dont je n'avais jamais cicatrisé : l'absence de ma mère.

Ce soir-là, il était encore trop tôt pour confier à Louise ce nouveau secret, je voulais le garder un peu pour moi seul, à l'abri. Je retrouvai Louise sur le canapé et lui souris timidement : en retour, elle me tendit un verre sur lequel s'était formée une ligne rouge sombre.

« Nous sommes sur un nouveau projet au travail. Nous l'avons appelé "Persévérance". Je ne peux pas t'en dire davantage, mais je n'ai jamais bossé sur quelque chose d'aussi enthousiasmant. Nous avons fêté ça avec des coupes de champagne et nous étions tous un peu éméchés. Il y a même Marc qui m'a surnommée *Lou*. Même toi, tu ne m'as jamais appelée ainsi ! »

« Lou. »

Pourquoi n'y avais-je pas pensé plus tôt ?

Je me jetai dans les bras de Louise, qui recula, surprise :

« Mais enfin ? »

Je me servis un nouveau verre, puis le levai en direction de Louise. Dans ma bouche, il avait un goût de sous-bois. Intrigué, je regardai l'étiquette et lus « Saint-Chinian ».

« Sais-tu que c'est l'une des rares appellations où ils n'utilisent pas de copeaux de bois de chêne pour renforcer l'arôme boisé de leur vin ?

– Mais depuis quand t'y connais-tu ainsi sur l'utilisation des copeaux de bois dans le vin ? s'exclama Louise, qui allait de surprise en surprise.

– À vrai dire, je ne sais plus. Lou, j'aime bien, c'est comme ça que Guillaume Apollinaire appelait son amoureuse. »

Ma compagne détourna son regard pour le plonger dans son verre de vin.

« Goûtons plutôt cet arôme boisé. »

Deux époques se superposèrent, les cent ans qui me séparaient du poète devinrent peau de chagrin. Quelque chose m'échappait et m'ensorcelait, jamais je n'avais été aussi proche de mon essence. J'étais pris dans une nébuleuse, une bascule ou une fêlure qui me rendait heureux. Ma vie avait été faite de résonance, mais aussi de délabrement, et, pour la première fois, je n'aurais su dire dans quel état je me trouvais, je sentais un changement en moi, invisible encore, je ressentais ses prémices, une onde de choc se répandait, je n'étais plus ni joyeux ni triste. Les recherches formaient depuis quelques mois un sédiment qui constituait ma nouvelle identité, et, ce soir-là, face à Louise dans le canapé, ce flot devint visible. Tout convergeait vers Apollinaire.

J'allumai des bougies, puis je mis les *Nocturnes* de Chopin sur la platine. Au moment où Louise et moi avions emménagé ensemble, j'étais arrivé avec un petit sac de vêtements, deux paires de chaussures, et cette platine.

Le jour de mes douze ans, je l'avais descendue du grenier, et l'avais branchée dans le salon. Quand mon père était rentré dans la pièce, il avait eu un air interloqué. Nous nous étions fixés en silence, tandis que la voix de Joan Baez résonnait :

Well I'll be damned
Here comes your ghost again
But that's not unusual

Comme ils sont longs les regards teintés d'incompréhension.

Depuis lors, la voix de ma mère possédait les mêmes accents graves que Joan Baez et j'avais pour la platine un attachement tout particulier.

Ce soir, confortablement allongés dans le canapé avec Louise, nos visages étaient baignés d'une lumière douce. Était-ce la fatigue ? Ma tête posée contre sa poitrine ? Mon esprit s'égara lentement, attiré vers d'autres rives, un autre monde dont je ne maîtrisais aucun contour, et où une autre Louise, une Lou, me caressait aussi les cheveux. Mon visage se peupla d'histoires de guerre et de tranchées ; bientôt le paysage changea, j'étais dans un lit avec une femme dont les cheveux étaient coupés à la garçonne, je lui tendais un anneau ciselé dans un éclat d'obus :

« Porte ce talisman, il te protégera. »

Dans mes pupilles brillait ce désir que Lou devienne ma petite fiancée. La brume m'empêchait de bien distinguer les yeux de celle que je chérissais tant, même sa silhouette était vaporeuse. Où étais-je en réalité ?

« Tu pleures ? »

La voix de Louise me sortit de ma torpeur ; sur son T-shirt blanc, mes larmes formaient une tache plus sombre. Je me retrouvai de nouveau dans mon canapé parisien. L'avais-je quitté ? Je levai les yeux vers elle :

« Ton regard a changé, s'étonna-t-elle, viens, couchons-nous, tu dois être fatigué. »

En me levant, je croisai les nombreux recueils d'Apollinaire qui peuplaient désormais la table du salon. À leurs côtés, le morceau de bois était de nouveau là, et je le touchai avec une dévotion singulière. Ses teintes changeaient au fil des mois : au départ brun, il avait pris des couleurs rougeoyantes, presque ensorcelantes. Mais plus je le regardais, plus son mystère m'échappait. Cette nuit-là, ma Lou revint hanter mes rêves et éclipsa Louise.

CHAPITRE 14

Louise de Coligny, dite Lou, 1914

Depuis quelques semaines, Louise de Coligny, dite Lou, habitait chez sa cousine, Edmée de Pierrefeu. Saint-Jean-Cap-Ferrat, avec ses rues longues et fiévreuses, la comblait. Les derniers mètres pour atteindre la bâtisse étaient pentus, comme si l'accès aux glycines odorantes se méritait. Louise ralentissait, sentait le cuir de la lanière contre sa cheville, s'arrêtait, soufflait avant de passer le portail de la maison. Autour de la porte en chêne, des lianes de lierres s'entremêlaient en une chevelure qui cachait les fissures de la construction du XVIIe siècle. La plante grimpante formait un portail hors du temps ; dessous, l'air y était déjà plus frais et avait des odeurs de vacances.

Chaque jour, le rituel était le même : Lou était infirmière bénévole et revenait de l'hôtel Ruhl à dix-huit heures, ses vêtements empestaient l'urine et le formol, et parfois sous ses ongles, malgré les passages de la brosse et du savon, du sang avait noirci et semblait indélogeable.

Les heures du soir étaient les meilleures : dans le jardin, la glycine libérait la senteur suave accumulée toute la journée. Louise y paressait, le dos contre la paroi fraîche de la véranda, tandis que les quatre chats de la maison frôlaient ses mollets de leur suffisance non contenue. Ils régnaient en maître dans le parc et aimaient jouer auprès de la jeune femme le rôle de gardiens égyptiens.

Sa cousine Edmée la rejoignait, elles passaient là quelques heures dans le silence ; leur pudeur les empêchait de dire la guerre, l'effroi, les amputations ou la gangrène. Elles pensaient encore que les événements ne les toucheraient pas, mais l'ambiance était morose. La nuit, quand Louise se réveillait en sursaut, que des yeux jaunâtres et enfiévrés d'un patient la poursuivait, Edmée se glissait dans le lit de sa cousine, et les deux femmes atténuaient leur peine de la journée. Louise s'endormait, bercée par les soupirs d'Edmée.

Chaque vendredi, Louise avait rendez-vous avec l'opium. L'endroit était tenu secret, mais l'adresse passait d'une oreille à l'autre dans les rues de Nice. Louise y avait ses habitudes, ces soirées noyaient sa solitude dans des brumes éthérées. Bien souvent elle reconnaissait des têtes et, d'un fin sourire, elle renouait un lien ténu avec ces visages déjà croisés mais toujours inconnus. Personne ici ne connaissait son nom, et chacun déposait au seuil de la porte les tourments d'une époque.

Louise déambulait dans la maison avant de choisir sa place. Enfin, elle s'allongeait et recevait en même temps un narguilé. Pour l'accueillir, sa bouche se faisait ronde, comme ce O parfait que jadis sa maîtresse dessinait sur le tableau. D'une respiration ample et profonde, elle faisait sienne cette fumée qui descendait en elle et la chargeait de promesses nouvelles. Sa tête tournait, ses yeux se fermaient. À ses côtés, des corps gémissaient et haletaient ; ils formaient des êtres hybrides, presque chimériques. Leurs soupirs accéléraient l'effet de l'opium, et Louise se faisait chatte. Le délice de mains inconnues sur sa peau dénudée commençait, elle perdait la notion du temps et ne s'endormait qu'au petit matin, quand les freins du laitier résonnaient dans la rue. L'air n'était déjà plus aux volutes bleues de la nuit.

Ce vendredi soir, les deux cousines préparaient le dîner. La cuisine avait des allures de champ de bataille et sentait les champignons poêlés. Edmée concassait quelques noisettes du jardin à l'aide d'un pilon, tandis qu'un des chats dormait sur la table. Elles n'entendirent pas la clochette de l'entrée retentir. Ce n'est que lorsqu'elles virent la casquette du facteur que Louise ouvrit la fenêtre en grand.

« Nous sommes là, Edmond, fais le tour par-derrière ! »

Le préposé apparut et claqua deux bises aux deux jeunes femmes avant de tendre un télégramme à Louise, qui n'attendait rien.

TE VOIR. MESSAGE À TRANSMETTRE.
ACCOMPAGNÉ D'UN AMI.

Le billet énigmatique lui plut. Il y allait enfin avoir du nouveau par ici, la chaleur de Nice ne remplaçait ni l'effervescence parisienne ni ses commérages. Cette nuit-là, pour une fois, Louise ne se réveilla pas en sursaut, rêvant sans doute à ce nouvel inconnu.

Le lendemain, elle se rendit chez Da Bouttau, un restaurant du vieux Nice. L'orangé de sa robe s'accordait à l'anis étoilé des terrasses et, bien que la fin de l'été approchât, le soleil réchauffait encore les rues. Elle arriva bientôt à l'auberge, et une odeur d'oignons frits lui monta aux narines.

« Bonjour, mon arsouille ! »

Le patron, Alexandre Bouttau, sortit de sa cuisine pour l'accueillir. Ils discutèrent de la famille, des tracas des uns et des autres, de l'avion allemand qui avait largué une bombe sur la toiture de Notre-Dame, de son arthrose, de son fils qui partirait au Front, de l'autre qui était encore trop jeune pour cette charpie, de sa femme, aussi, qui pleurait tous les soirs le prochain départ de son aîné. Malgré le soleil, l'humeur était grise. Louise offrit à Bouttau son premier sourire de la journée : elle lui raconta ses leçons d'aviation, ce sentiment de liberté quand elle montait dans cette carlingue, ces vis qui craquaient, la pression du vent sur les vitres, la fragilité de sa vie, mais revenaient toujours ce plaisir de voler, et le bonheur de cette indépendance nouvellement acquise, notamment grâce à son divorce fraîchement prononcé. Libre : de son père, carcan d'une vie de petite fille ; de son mari, carcan de sa vie de jeune femme.

« Je n'ai même plus de corset, mon Bouttau. Nous sommes depuis peu en guerre, mais cela m'a paradoxalement rendue femme. Si mes ongles sont noirs du sang de malades, mon cœur est redevenu blanc et vierge de tout. »

Dans le fond du restaurant s'éleva le rire de Sylviane. Louise eut un dernier geste amical envers le patron puis partit rejoindre ses trois amis. Sylviane avait encore ses belles couleurs de l'été, ses cheveux relevés en chignon laissaient apparaître une nuque fragile, et, Lou perçut que Charles-Bernard, à ses côtés, n'était pas insensible à la délicatesse de son amie. Sorti de nulle part, le docteur Grinda déposa un baiser près de l'oreille de Louise, elle lui sourit en retour. Au fond du restaurant, les amitiés éloignaient la guerre fraîchement déclarée.

Derrière eux, dans la cuisine, s'élevait une odeur de daube mijotant dans une marmite. Avec sa gouaille légendaire, Bouttau vint leur servir une bouteille de Bellet : depuis quelques années, il avait acheté des plants de vigne sur le flanc de la colline un peu plus haut, et il lui plaisait de partager sa récolte avec ses plus fidèles clients. Le vin teintait leur godet d'une couleur de fraise mûre. Il trinqua avec eux, fit mine de tremper ses lèvres, puis repartit à ses marmites. À cet instant, la table se tut, les nez dans le vin. La guerre n'était pas à leur table. Dans leurs verres montait un goût de terre, celui de l'éternité.

C'est à ce moment-là qu'Henry Siegler-Pascal apparut avec son mystérieux inconnu. L'ami de Louise venait d'être enrôlé au 22e régiment d'artillerie à Versailles. Grâce à sa faible santé, il avait obtenu quelques jours de congé, avant de partir définitivement. Dans son ombre se tenait le nouvel invité. Des épaules larges, un chapeau noir qui devait lui tenir chaud. Il tendit une main pour faire un baisemain aux femmes de la tablée :

« Guillaume Apollinaire, mais je préfère Gui. »

À travers le prisme de son verre, Louise le regarda, mais ne dit rien, chose inhabituelle pour cette grande bavarde. Elle reposa son verre un peu trop rapidement, un peu de vin coula sur la table, comme ce sang qui avait déjà commencé à couler à l'est. Par mimétisme, la discussion bifurqua et se fit moins légère. Grinda parla de la fièvre typhoïde :

« Surtout, Gui, si tu pars au front, ne te fais pas vacciner contre cette maladie. En revanche, n'oublie pas ton museau de cochon, pour te protéger des gaz lacrymogènes ! »

S'ensuivit une discussion autour des maladies qui se développeraient bientôt, avec la pluie et les mauvaises conditions d'hygiène. Seuls Gui et Louise restaient en dehors de ces échanges, leurs regards se croisèrent, et Gui eut cette parole énigmatique :

« Votre robe orange porte la couleur de la poésie ! »

Ce Guillaume était un drôle de type. Henry l'avait présenté comme le poète des temps modernes, un génie que tout le monde reconnaîtrait bientôt. Louise ne comprenait rien à la poésie, elle était davantage un corps qu'un esprit. Petite, elle avait souvent reçu des punitions de son père, qui déplorait que sa seule enfant n'apprenne pas bien à l'école. Quand il rentrait, il prenait plaisir à regarder les notes du jour en passant la main sur les lanières d'un martinet posé à côté de lui. Il suffisait qu'il lève un visage fermé vers sa fille pour qu'elle comprenne la tournure qu'allait prendre la soirée. Ses cris n'attendrissaient jamais son père.

Avec l'âge, et malgré les coups, rien ne changea : Louise demeura hermétique aux métaphores et autres figures de style. Ce midi-là, pourtant, elle trouva que ce poète n'en avait que faire des conventions et des métaphores. Il était direct, parlait fort et levait haut son verre. Un certain charme opéra.

Louise eut à peine le temps de comprendre qu'Henry enchaîna :

« Veux-tu venir ce soir chez Borie ? Comme d'habitude, la noire idole sera dans toutes nos bouches ! »

Tout le monde se retrouva dans cette villa du quartier de Cimiez, sur les hauteurs de Nice. Le propriétaire des lieux les accueillit comme des rois. Sa maison était à la mode orientale, des nattes et des matelas éparpillés par terre invitaient déjà à la débauche. Louise eut une brève pensée pour son amoureux d'alors, tout juste mobilisé en Meurthe-et-Moselle, mais celle-ci fut annihilée par la présence d'un autre corps près d'elle : Louise reconnut l'ami d'Henry. Une odeur boisée lui chatouilla les narines, le poète sentait le musc et les sous-bois.

Cette soirée réconcilia Louise avec la poésie. Ses émotions montèrent par vagues, et les corps de Gui et de Louise ne furent bientôt plus que rires, frôlements et caresses. Une main chaude et large se glissa sous les jupons de Louise et remonta le long de sa cuisse. Une pulsion animale, ancienne, reprit vie en eux et les laissa exsangues d'une douce folie. Ils n'étaient plus que deux corps sans esprit, animés d'une fougue enivrante. La tête leur tournait, mais d'un signe de tête, Lou lui signifia qu'ils n'iraient pas plus loin. La bougresse jouait avec son désir. Elle éclata de rire puis mis sa langue pointue dans la bouche du poète, dont le corps trembla d'une nouvelle fièvre.

Le lendemain, Guillaume Apollinaire envoya à Louise une lettre qui changea leur destin, mais aussi celui des hommes.

Vous étiez ce matin toute charmante et de la façon la plus inattendue. Dans votre robe à fleurs, on eût dit un écureuil s'abattant à travers une roseraie en Perse.

J'ai pensé à vous la nuit entière sans pouvoir dormir… Un moment j'ai fermé très fort les yeux pour tâcher de dormir et je voyais un jardin éblouissant de grenadiers dont les fruits étaient vos seins multipliés à l'infini et plus dignes que les pommes d'or gardées par les Hespérides d'être conquis par un héros.

En somme, je ne connais rien de vous, sinon que je vous trouve infiniment jolie et digne d'être aimée même sans espérance de retour.

Guillaume Apollinaire
Première lettre à Lou, le 3 septembre 1914

CHAPITRE 15

Je me réveillai en sursaut, le corps trempé et le bas de mon pyjama tendu par une érection. Je repris mon souffle, ma bouche était pâteuse et chargée. Louise, à côté de moi, grogna, et je préférai me lever. La pénombre du salon m'accueillit. Dans un demi-sommeil, je pris les lettres à Lou et relus quelques poèmes. Les vers du poète faisaient naître des images crues et salaces, deux corps adultes unis dans une débauche consentie. La lumière pâle et tremblante du réverbère métamorphosait le morceau de bois sur la table et on l'aurait cru doué de vie. Je m'endormis sur ces images.

CHAPITRE 16

Louise de Coligny, dite Lou, 1914

Je descends du train, un galant propose son aide pour porter ma valise. D'un sourire enjôleur, j'accepte. Nous échangeons des banalités, il me demande pourquoi je viens. Je ne sais pas quoi répondre. Je viens pour toi et tes promesses. Quand tu m'as appris ton enrôlement imminent, j'ai su que je devais venir, passer avant la guerre. Faire l'amour avant l'horreur. Et puis, l'évidence ne s'explique pas : elle se vit.

Avec sa double rangée d'arches, la gare ressemble à une arène romaine. Cela me plaît, car j'ai moi aussi très envie de jouer. Des jeux antiques, dans lesquels tu serais mon lion, moi ta proie ; mais je m'égare.

La voiture de l'hôtel arrive, je dis à l'employé de ne prendre que ma valise, je découvrirai ma chambre plus tard : j'ai une mission urgente. Un kilomètre nous sépare. Je n'ai pas de plan, mais, au guichet de la gare, la mignonnette en tailleur bleu marine m'a répondu que c'était tout droit.

« Vous ne pouvez pas vous tromper. »

Je ne me trompe ni ne regrette jamais mes choix. J'enfonce aussi fermement que je peux mes talons sur les pavés pour te rejoindre. Au bout de la rue, la bâtisse se détache. À cette heure matinale, la caserne est encore endormie, il n'y a aucun garde dans sa guérite. J'en profite pour sortir mon petit miroir : j'ajuste mon chapeau et fais glisser sur mes lèvres ce rouge dont tu raffoles. De mon index, j'enroule des mèches et les refais boucler. Ce soir, je me donnerai à toi.

Soudain, une silhouette se détache derrière les grilles. Je hèle le jeunot.

« Serait-il possible de parler au canonnier Kostrowitzky ?

– Pas maintenant, ma petite dame. Mais je peux lui passer un message. »

Dix-sept heures. Je fais les cent pas dans ma chambre. J'ai tenté de m'occuper l'esprit, mais je n'aime pas perdre de temps dans les livres, la fiction m'ennuie, je préfère le réel, la chair et le corps. C'est à peine si j'ai commencé mon initiation poétique avec toi, il y a trois mois.

Après m'être délassée dans un bain, je m'assois. L'instant s'étire, je m'impatiente. Moi la nerveuse, l'intrépide, je suis sur une chaise à regarder les gens dans la rue. Quelle cocasserie !

Et puis, soudain, je t'aperçois dans la rue, tes pas sont rapides. Mon cœur s'emballe, on dirait une adolescente. Je rigole toute seule. Ma pauvre Loulou, mais que t'arrive-t-il ? Tu frappes à la porte, je t'ouvre, te souris et te laisse passer. Je sens ton regard posé sur mon dos. T'inviter dans une chambre d'hôtel dit tout de mes intentions : les mots sont des accessoires inutiles, et puis nous ne sommes plus des puceaux. J'ai aimé, suis déjà divorcée, et mon fiancé est parti dans les tranchées. Ce soir, je n'y pense pas. Je ne regarde que toi.

Voici trois mois que tu m'incendies de tes lettres, près de douze semaines que je joue au chat et à la souris avec toi. Pour le moment, nous n'avons été que des bouches effleurées et des caresses tronquées, mais ce soir, je te veux entièrement.

Nos regards parlent pour nous. À peine as-tu enlevé la veste de ton uniforme que tu me plaques contre le mur et me mords les lèvres. Je gémis, un goût de fer se pose sur ma langue. Il est inutile de faire l'effarouchée, je n'ai pas pris le train pour te parler du beau temps. Tu me tends la main puis me conduis comme une reine sur le lit, qui devient notre arène de jeu. Ton regard m'impressionne, par réflexe, je baisse les yeux. Ce geste ne me ressemble pas. Avec toi, je redeviens ingénue et me laisse guider de tes doigts experts. Tu m'effeuilles et me glisses à l'oreille des gourmandises. Nos nudités se font bientôt face, tu me retournes délicatement.

Sur le ventre, la vue s'éclipse au profit d'autres sens. La douceur de tes mains m'envahit. Tu étires l'instant et accordes une place de choix à chaque parcelle de mon corps. Je suis un temple vivant qui se fait offrande. Tes doigts s'impriment dans ma nuque, à la naissance des cheveux, ta main remonte et ta paume m'enveloppe. Un parfum suave se glisse entre mes narines. C'est à peine si je t'entends.

« Ce soir, tu seras ma Sémélé. »

Je n'ai jamais entendu ce nom, mais ta voix me berce.

« Ne te retourne pas, tu ne peux pas voir un dieu, quand il se montre nu. »

Le jeu me plaît. Je me fonds dans cette femme, je suis Sémélé. Les caresses sont divines. Les yeux toujours fermés, mes sens se décuplent. Nos peaux se parlent et se répondent. Une caresse sur mon épaule m'invite à me retourner. Mes yeux se posent sur ton visage, où ton âme se dévoile. J'y pénètre au moment même où tu t'unis à moi.

Au petit matin, nous avons déjà vécu mille vies. Des cernes bleuâtres agrandissent nos yeux ensommeillés. Le regard encore dans nos limbes, nous sourions comme des enfants, mais nos corps en redemandent. Nous sommes des insatiables en quête d'absolu.

« Mon Lou, mon adorée... »

Tu ne finis pas ta phrase, elle se perd dans l'éclat de tes yeux. Tu m'ouvres les bras, et recommences une nouvelle danse. J'ai l'impression de te connaître depuis l'enfance, de retrouver une terre inconnue, mais déjà foulée.

L'instant d'après, je te regarde partir, et la journée s'écoule de mes mots silencieux. Je paresse dans ce lit qui porte nos parfums mêlés, je descends et picore un repas. Dans le salon d'hiver de l'hôtel, j'attends, les yeux dans le vague. Je me languis de toi.

« Lou, mon adorée. Je vous avais dit de m'attendre dans votre chambre. Vous ne m'avez pas écouté, petit oiseau libre. Je vous fesserai pour ce parjure fait à votre roi. »

Tu es déjà revenu de la caserne. Ton vouvoiement m'excite.

Je me lève, sans te regarder. Le désir monte de cette fessée inattendue. Je suis ta poupée, ta reine soumise. Ta main frôle délicatement mes hanches et mes fesses. Un peu ivre de tes mots et de tes caresses, je demande fébrilement la clé de ma chambre à l'accueil.

Dans l'ascenseur, le groom t'écoute quand tu me chuchotes :

« Ce soir, tu seras mes Muses. Elles sont neuf, je t'apprendrai leurs noms. Chacune est une porte de ton corps. »

Nous jouons à la vie, redécouvrons les plaisirs avec une pureté renouvelée, et côtoyons aussi des berges illicites.

Toi le poète, moi la frivole : nos deux corps parlent un langage unique.

Si tu savais comme j'ai envie de faire l'amour, c'est inimaginable. C'est à chaque instant la tentation de saint Antoine, tes totos chéris, ton cul splendide, tes poils, ton trou de balle, l'intérieur si animé, si doux et si serré de ta petite sœur, je passe mon temps à penser à ça, à ta bouche, à tes narines. C'est un véritable supplice. C'est extraordinaire, ce que je peux te désirer. […] Mon Lou je me souviens de notre 69 épatant à Grasse. Quand on se reverra, on recommencera.

Guillaume Apollinaire
Lettre à Lou, le 13 janvier 1915

CHAPITRE 17

Le matin suivant, je restai couché. Louise s'inquiéta de ma pâleur.

« C'est encore ces rêves. Je ne sais pas vraiment qui je suis. Pour être précis, j'ai même l'impression que dans le dernier rêve j'étais dans la peau d'une femme. Tu crois que mon inconscient cherche à me faire passer un message ? »

Elle eut un rire désinvolte et se leva. Mes yeux suivirent les courbes de ses hanches. Je tendis les mains pour la retenir, mais elle s'échappa et me laissa seul le temps de sa douche.

Mes rêves m'égaraient vers un ailleurs, en tout point semblable à la réalité, mais avec ce petit goût d'étrangeté qui m'exaltait. Quand Louise revint sous les draps, rêves et réalité se mélangèrent. Qui tenais-je entre mes bras ? Louise ou Lou ? Les sensations de la nuit dernière se réveillèrent, un vocabulaire fleuri titilla le bout de ma langue, je le retins sur le bord de mes lèvres. Un désir apollinarien me saisit : mon excitation me porta vers ces neuf fameuses portes, et mes mains se perdirent sur son corps. Je relevai ses cheveux, mordillai son cou, tandis que je prenais à pleine main le rebond de ses fesses. Malheureusement, Louise n'était pas Lou, elle ferma huit de ses portes. Ce n'est que quelques heures plus tard que je m'éveillai de nouveau ; une odeur de café flottait dans l'appartement, et Louise était déjà partie travailler. La seconde tasse me sortit à peine ma léthargie, je demeurai dans ce monde comme un évaporé.

Aux vacances de Noël, je tendis piteusement ma feuille de présence au professeur de linguistique. Un souvenir d'école me revint en tête : « Florent brille par son absence », avait écrit un professeur sur mon bulletin. À l'époque, je m'étais insurgé, arguant que je n'avais eu aucune absence. L'enseignant avait regardé par-dessus ses lunettes en demi-lune, avant de rétorquer, sourire sardonique en coin, que j'avais mal saisi, qu'il s'agissait du manque d'investissement en classe. Vingt années après, cet homme aurait pu écrire la même chose, car je me retrouvais dans le même état : Apollinaire m'obsédait. Le professeur ne leva pas la tête avant de signer la feuille, mon nom et mon visage étaient inconnus pour lui. Je repliai ma feuille, puis me dirigeai vers la sortie. Au moment où j'allais franchir la porte battante de l'amphithéâtre, la voix du professeur s'éleva derrière moi :

« Vous devriez passer les fêtes à Stavelot. »

Stavelot… une bourgade belge qui avait un écho tout particulier chez moi : Apollinaire y avait séjourné de longs mois avec son frère Albert et y avait écrit de nombreux poèmes. En haut de l'amphi, un des bancs en bois grinça, mais je ne vis personne. Quand je me retournai vers le bureau du professeur, il ne restait que son stylo.

Ce midi-là, je ne déjeunai pas avec les autres étudiants, leurs centres d'intérêt me lassaient. Je décidai de prendre un rapide sandwich à la boulangerie du coin. Je pointai du doigt un jambon-beurre, et quand la jeune femme me le tendit, elle sortit de son mutisme :

« Bonnes vacances à Stavelot, monsieur. »

La jeune femme au visage impassible servait déjà un autre client, j'avais dû mal entendre. Je m'engouffrai dans le métro et descendis un arrêt avant les Halles : marcher me ferait du bien, ces quelques mètres à pieds étaient comme un sas entre mes études et Apollinaire. Ma lubie me fit penser à un amour caché, une sorte de seconde vie difficile à juguler, tant elle débordait de partout.

À cette époque nous étions, Louise et moi, déjà un vieux couple ; les habitudes confortables avaient remplacé la fusion des premiers temps, mon concours avait accéléré la dérive de nos corps continents, et nous patinions nos patiences chacun de notre côté. Ma soudaine marotte pour ce poète et mes nuits entrecoupées de rêves étranges l'avaient amusée un moment, puis elle avait repris, sans rien dire et avec frénésie, ses cours de dessin. Elle aurait pu avoir un amant, je ne m'en serais pas aperçu. Sans dire un mot, elle fuyait notre quotidien, et seuls nos silences chargés d'indifférence se réconciliaient sous les draps. Louise. Nous ressemblions à deux pantins un peu perdus dans le théâtre du monde, mais dont l'odeur rassurait encore. Les fêtes de fin d'année furent englouties dans un brouillard épais, tout comme le mois de janvier.

Début février, Louise m'annonça entre deux bouchées qu'elle partait quelques semaines chez sa mère. Je levai la tête, mais je ne la regardai pas, mes pensées se télescopaient, seul mon regard interrogateur la poussa à répondre :

« Mais enfin, tu ne te rappelles pas ? Je t'en ai parlé voici quelques semaines, Maman a besoin de moi pour refaire son appartement. Autant l'aider plutôt que de payer quelqu'un. Ça me fera du bien de passer du temps avec elle. Tu veux venir avec moi ? »

J'avais deux mains gauches, et surtout l'irrépressible envie de poursuivre mes recherches sur Apollinaire. Je me servis un nouveau verre de vin. Dehors, des flocons de neige se posaient silencieusement sur le rebord de la fenêtre, et ils m'emportèrent du côté des Ardennes et de leurs sapins recouverts d'un manteau blanc. Dans quel poème avais-je lu cette description ?

Le lendemain matin, cette discussion m'était déjà sortie de la tête. Quand j'aperçus la mère de Louise dans le salon, je reculai de surprise et butai contre deux valises dans le couloir. Louise partait.

« Alors, mon cher, vous vous passionnez pour Guillaume Apollinaire ? Il faudra m'en parler, j'adore la poésie… D'ailleurs, nous invitons tous les mois un poète dans notre cercle de lecture. »

La mère de Louise avait des cheveux blancs avec une mèche rose naturelle sur le front. La première fois que je l'avais vue, je l'avais comparée à Cruella, mais Louise n'avait pas trouvé ma blague de bon goût. Depuis, j'avais appris à la connaître et je l'aimais bien ; parfois, en la regardant, je me plaisais à imaginer Louise plus vieille.

« J'ai hâte de commencer les travaux dans l'appartement. Le plus délicat sera de changer la chambre de Louise ; je ne l'ai jamais repeinte depuis sa naissance, vous imaginez ? Je vous ai déjà raconté ce que j'ai vécu quand elle est née ? »

Je regardai sa bouche, mais je n'arrivai pas à saisir ce qu'elle me disait : les mouvements de ses lèvres ne correspondaient pas au son qui en sortait. Je me concentrai en vain, puis ne luttai plus : j'écoutai son récit.

CHAPITRE 18

Angelica Alexandrina Olga de Kostrowitzky, 1880

Quatrième fois que je refais mon lit et inspecte les bordures du drap : elles doivent être alignées avec la couverture. De mes mains en éventail, j'aplatis les petites montagnes de coton, la caresse du tissu adoucit ma nervosité. Dans le couloir, des bruits étouffés me parviennent, je m'assois sur le lit et tente de les déchiffrer, mais je ne comprends rien. Je me relève, pose mes yeux sur le lit, puis les lève au ciel : mon fessier a fait des creux sur la couverture. Je répète mes gestes : mes mains aplanissent, mes paumes chauffent, mon esprit s'égare.

De l'autre côté de la cloison, un couloir sans fin. J'ouvre la porte et risque un œil, de jeunes accouchées me regardent, puis me sourient. Mes lèvres restent de pierre. Dans mes chaussons donnés par la maternité, mes orteils sont à l'étroit, je les recroqueville, ils forment une boule disgracieuse. Quelques femmes regagnent leur chambre sous une lumière blafarde. Un tableau en noir et blanc peu engageant.

Pour me donner une contenance, je rajuste la ceinture de mon peignoir. Mes semelles frottent contre le carrelage et émettent un frottement lancinant, presque plaintif.

Je peine à lever les pieds et des spasmes vrillent mon ventre à chacun de mes pas. Je croise d'autres mères, qui portent toutes le même sourire vaincu. Je détourne les yeux et pose ma main contre le mur, m'arrête un peu, reprends mon souffle. Derrière moi s'élèvent des cris de nourrisson qui me glacent le sang.

J'arrive au fond du couloir, je perçois de la lumière : la porte de la pouponnière est ouverte. Toute la journée, j'ai repoussé ce moment, mais j'ai dû me résoudre à y aller ; car je suis ta mère, après tout. Te voir répondra sans doute à mes questions.

Tu es né avant-hier. Après de nombreuses heures de travail, tu as poussé ton premier cri. Lorsque l'infirmière t'a posé sur ma poitrine, mon regard est passé à travers toi : je ne pouvais plus te nier, tu étais sur moi, sanguinolent, à chercher mon sein comme un petit animal. Je n'ai pu que détourner la tête ; j'en avais assez vu. La sage-femme a vite compris et t'a repris dans ses bras. Tes cris sont devenus de plus en plus faibles, elle t'emmena avec les autres, à ta place. Quand le brancardier m'a ramenée dans ma chambre, j'ai compté les secondes qui me séparaient d'elle. Soixante-dix-huit. Puis le lit m'a ouvert ses bras de draps rêches, je m'y suis glissée dans un sommeil sans rêves et ai dormi douze heures d'affilée. Sans doute la morphine qui m'a assommée. La vérité est tout autre. Dormir me permettait de t'oublier, de ne plus penser à ce qui m'attendait à mon réveil : retarder mon lever était te nier.

Hélène, comme l'indiquent les lettres bleu pâle de sa blouse, a pris ma tension, a écouté les battements de mon cœur, puis a fini par examiner ma cicatrice. Il semblerait que j'aille bien. J'aimerais n'être qu'un corps, mais mon esprit ne cesse de se tordre. Depuis hier, je suis mère, mais ce mot m'échappe encore.

Une mère cajole, console, protège. Je ne suis pas cette femme : je ne sais pas donner, puisque je n'ai jamais reçu. Pourquoi me tendrais-tu tes mains ? Les miennes sont sèches d'amour. Je ne me souviens plus de la chaleur des mains de ma mère sur mon visage.

Petite, quand je n'arrivais pas à m'endormir, le vent répondait en écho à mes pleurs. J'ai appris à me cacher, à ne plus me montrer. Je ne devais plus être faible, mais résister. En grandissant, mon chagrin a cessé, mes cauchemars aussi, et la main de ma mère était toujours la grande absente. J'ai décidé de partir, de fuir ce pays qui ne permettait aucune attache. À mes dix-huit ans, j'ai tourné le dos à la Pologne. Aucune bougie, aucun gâteau, aucun parent, seul le ruban d'une route qui se déroulait sous mes pas.

Sans le sou, et visiblement jolie, je me suis offerte au plus offrant. Un dandy dont je tairai le nom. J'ai cru, un temps, me perdre dans ses promesses, avant de comprendre que ce monsieur n'avait de goût que pour mon corps. Je suis passée de main en main, de bouche en bouche, de sexe en sexe, jusqu'à ma rencontre avec le comte, ton père. Et puis, te voici.

Longtemps, je n'ai pas su que j'étais enceinte, ma mère ne m'avait pas appris les métamorphoses d'une femme. Quelques rondeurs, et lourdeurs, mais mon ventre est resté plat les cinq premiers mois. Quand j'ai compris mon état, il était trop tard pour faire appel à la faiseuse d'anges. Ma silhouette s'est arrondie en même temps que mes soucis.

Des amies, la main sur mon ventre, ont tenté de me rassurer sur cette soi-disant magie qu'il y aurait à rencontrer cet être porté pendant neuf mois. Je faisais la moue, je n'y croyais qu'à moitié, mais l'espoir était toujours là. Hier, j'ai compris qu'elles racontaient des fadaises pour jeunes mères. L'accouchement a été atroce et ton arrivée n'a rien déclenché, je n'avais en tête que les obstacles qui s'érigeaient face à moi. Comment t'élever ? Dans ma chambre de bonne sans chauffage ni volets ? Je vivote, je n'ai aucun revenu, aucune famille. Seuls mes charmes se vendent et rapportent. Je suis la putain, pas la vierge.

L'identité de ton père restera secrète. Un matin, sur un coin de l'oreiller, je le lui ai promis. D'autres ambitions le tiendront éloigné, et puis un aristocrate de son rang ne se marie pas avec une étrangère sans le sou, fût-elle de la noblesse comme lui. Ma particule ne te protégera pas des médisances ; dans toutes les bouches, tu deviendras très vite le bâtard, le mal né, le mal-aimé. La boulangère rira de toi dès que tu auras le dos tourné. Il te faudra apprendre de toi-même, comme je l'ai fait jadis. Si je te gardais, je ne t'apporterais rien, si ce n'est mes fantômes que je traîne depuis longtemps. À chacun ses blessures, je ne transmettrai pas les miennes. J'ai décidé de t'abandonner, je prendrai de tes nouvelles, tu grandiras mieux sans moi, ma vie de femme légère t'encombrerait. Je resterai une mère de l'ombre aux lèvres de pierre, tes sourires d'enfant seront pour d'autres bras plus aimants.

J'arrive à la pouponnière et vacille sous les cris des nouveau-nés. Une infirmière m'indique ton berceau du doigt. Guglielmo Alberto Wladimiro Alessandro Apollinare de Kostrowitzky, un bien grand nom pour une si petite chose. Une jeune fille en blanc s'occupe de toi : je t'ai porté neuf mois, et pourtant, quand je te regarde, je n'éprouve rien. Ni amour ni haine, seulement de l'indifférence. Quelqu'un pousse la porte derrière moi. La blouse blanche s'approche et te tend à moi. Je perçois le bruit d'une porte qui se referme et n'ai qu'une envie : m'enfuir.

CHAPITRE 19

Je devais regarder ma belle-mère d'une drôle de façon, car Louise me mit la main sur l'épaule :

« Tu es certain que tout va bien ? Tu es tout pâle ! Ce n'est pas comme si tu ne connaissais pas le récit de ma naissance, ça doit bien faire dix fois que ma mère te le raconte... »

Le récit de sa naissance, oui, mais celui-là, non. Le visage de ma compagne était étrange. A cet instant précis, il ressemblait davantage à celui de sa mère qu'au sien, comme si écouter le récit de sa naissance l'avait paradoxalement fait vieillir.

Mes yeux tombèrent sur le morceau de bois rapporté du cimetière. Sous cet angle, il me semblait plus gros, plus bulbeux. Avait-il toujours eu cet aspect brillant ?

La mère de Louise me sortit de mes pensées en décrétant qu'il était temps de partir :

« Allez, nous avons de la route, j'aimerais éviter les bouchons ! Les travaux n'attendent pas ! »

Je sentais encore le goût sucré des lèvres de Louise sur ma bouche quand la porte se referma. Je voulus leur faire un dernier petit signe par la fenêtre, mais je voyais à peine les gens dans la rue : une ouate était tombée, et elle me transporta dans un hors-temps. Louise venait-elle de partir, ou bien cela faisait-il plusieurs jours ? Mes pensées s'égarèrent.

Au bout du couloir, derrière la porte de mon bureau, je perçus des frottements, ou plutôt des grattements. Comme des griffes contre du bois. Était-ce une bête dans les murs ? Je m'approchai, le bruit cessa. Je restai quelques instants à l'écoute, puis entrouvris la porte de mon bureau. Le chat fila entre mes jambes. Depuis combien de temps était-il enfermé là ? Il s'arrêta devant la porte de la cuisine et miaula. Je n'arrivais plus à me souvenir si j'avais versé des croquettes dans son écuelle dernièrement. Mon esprit fut attiré par autre chose : dans mon bureau, une forte odeur d'amandes flottait.

CHAPITRE 20

Jacqueline Kolb, épouse Apollinaire

Un parfum entêtant réveilla Jacqueline. Elle mit quelques instants avant de comprendre qu'elle avait passé la nuit dans le fauteuil du salon, les jambes repliées sur l'accoudoir, la tête ankylosée par son propre poids. Elle inspira, mais l'air lui comprima les sinus. L'appartement possédait les mêmes silences pesants que lorsqu'elle jouait à cache-cache avec son cousin : derrière les planches moisies de la cabane, à côté du poêle encore encombré des casseroles de la veille, ou sous le lit en compagnie de toiles d'araignées, la petite serrait ses poings sans respirer. Depuis, Jacqueline avait grandi, mais, ce jour-là, elle aurait bien voulu retrouver les espérances colorées de son enfance.

Dans l'entrebâillement de la porte, elle aperçut Gui gisant sous des guirlandes de fleurs. Était-ce vrai ce qu'on disait des morts ? Qu'ils paraissaient toujours endormis, les traits apaisés après la lutte acharnée ? Gui, ce géant de la poésie, paraissait petit.

Quatre jours qu'il était mort. Auprès de sa dépouille se succédaient ses amis, dont le regard se bordait de chagrin. Jacqueline les regardait et restait muette de douleur, seul son visage flétri indiquait les nuits d'insomnie, et une certaine hébétude face à la mort.

Les nuages de novembre dessinaient des ombres sur le visage de Gui, parfois ils lui donnaient un sourire taquin, parfois ils accentuaient les creux de la mort. Un relent amer remonta de l'estomac de Jacqueline ; par réflexe, elle se pencha en avant, à la manière d'un comédien qui salue à la fin d'un spectacle, mais elle ne vomit pas, abasourdie par la situation qui se révélait à elle depuis quatre jours : Guillaume, son amoureux, son mari, son poète légendaire, sa merveille, était mort.

La vie était une chienne qui l'avait faite épouse et veuve dans la même année. Qui la borderait le soir de ses histoires farfelues ? qui l'apaiserait dans les moments où l'inquiétude serait la plus triste des compagnes ? dans quels bras trouverait-elle désormais refuge ? Depuis samedi, Jacqueline se réveillait avec l'impression du regard de Guillaume sur son visage. Encore dans cette nébulosité propre aux rêves, elle espérait que Gui soit revenu. Mais très vite, l'imposante silhouette du poète sur le lit s'imposait à elle. Il avait abdiqué le même jour que l'empereur Guillaume II. Les fleurs autour de lui le recouvraient chaque jour un peu plus et le rendaient plus inexistant, aussi fictif que ses personnages. Son visage gris se confondait avec les pétales des lys, comme si le poète ne faisait plus qu'un avec les végétaux.

L'idée l'intrigua, mais à l'instant où elle s'approcha de la chambre, son amie Irène, restée avec elle la nuit dernière, lui tendit une tasse. L'amie veillait. L'odeur amère du café s'allia à celle des fleurs, formant un bouquet étrange, était-ce bien ce parfum cher à son enfance, celui des amandiers ? Jacqueline prit la tasse et la porta à ses lèvres. L'alliance à son annulaire, vaine désormais, tinta contre la faïence. Ses mains de veuve tremblaient et faisaient écho au balancier de l'horloge, que personne n'avait songé à arrêter.

Irène posa ses doigts sur la nuque de son amie, massa doucement la base de ses cheveux en cercles lâches. « La jolie rousse », comme l'avait appelée Apollinaire dans un poème, se détendit. Un bruit de pas dans le couloir annonça la venue d'un proche. Le visage de Serge, aussi cerné que celui des deux amies, apparut. D'autres le suivaient, et tous portaient la même sidération d'enterrer leur poète.

Jacqueline se trouvait devant l'allée 86 du cimetière : elle ne se souvenait ni de la marche qui y menait, ni des pleurs, ni des embrassades interminables. De l'autre côté de l'allée se tenait Olga, cette mère qu'elle ne connaissait pas. Elle la fixa dans l'idée de distinguer sur son visage les traits de son défunt mari, mais n'y reconnut aucune forme familière. Jacqueline préféra planter son regard ailleurs, attirée par un ondoiement inattendu. Sur la droite, un saule pleureur léchait les pourtours de la tombe béante.

Un sourire naquit sur ses lèvres. Elle était originaire des Vosges et les arbres, fidèles témoins silencieux de sa jeunesse tourmentée, avaient accompagné les pas de son enfance. À l'ombre salvatrice de leurs branches, la femme oubliait l'insistance des regards masculins sur sa jeune poitrine, les mains baladeuses des fermiers, la bouche taiseuse de sa mère qui se tordait sans jamais rien dire. Jacqueline passait des heures appuyée contre les troncs rugueux : elle pardonnait les silences de sa mère et l'audace des hommes.

Peu après leur rencontre, elle avait invité Guillaume sur les bords de Marne. Tandis que des canards se disputaient des morceaux de pain rassis, elle s'était confiée.

À l'heure où d'autres âmes innocentes se couchaient, le moment était aux révélations. Guillaume était resté silencieux, promenant son index et son majeur sur le genou de Jacqueline. Quand il voulait réfléchir, le poète allumait toujours sa pipe en terre rapportée des Ardennes. Il avait bourré le culot, puis ses lèvres s'étaient faites papier bible, avant de s'arrondir pour projeter une brume suave. La jeune femme avait regardé les volutes se confondre avec les nuages. Seulement alors, il avait enserré le poignet de Jacqueline pour y dessiner des arabesques, calligrammes feuillus, langage de l'amour.

« Nous sommes pareils, moi aussi je dois beaucoup aux arbres. »

Puis, il avait éclaté de rire, avant de l'embrasser, gardant comme toujours ses mystères.

Lors de leur dernière nuit, Guillaume lui avait raconté une histoire, sa voix était voilée, comme ce vieux gramophone dont il ne voulait pas se séparer. Il s'était souvent arrêté entre deux phrases. Une toux sèche, accompagnée d'une douleur sur le côté droit, le faisait souffrir à chaque respiration :

« Ne t'inquiète pas, ma Ruby, je suis comme ces arbres en hiver : sur leurs branches dénudées, les oiseaux ne se posent pas et vont chercher ailleurs un meilleur refuge ; leur tronc paraît sans vie, presque mort, mais au printemps s'ouvrent de nouvelles feuilles. Ce soir, je suis ce chêne millénaire. Un peu tordu, je peine à trouver la lumière, mais dans quelques mois, j'aurai de nouvelles ramures, et mes bras pourront de nouveau t'accueillir. Fais-moi confiance, la guerre m'a épargné, je suis invincible. »

Jacqueline avait approuvé. Avec le poète, elle était redevenue cette enfant qui croyait de nouveau aux contes de fées. Une quinte de toux avait obligé Guillaume à s'arrêter, puis il s'était endormi sur un sourire las. Jacqueline avait déposé ses lèvres sur son front fiévreux, sans savoir que c'était la dernière fois. Qu'aurait-elle fait de plus, si elle avait su ? Au petit matin, après avoir rêvé des forêts de sa jeunesse, elle s'était éveillée dans une chambre étonnamment silencieuse. Les souffles rauques d'Apollinaire s'étaient tus.

Dans l'appartement mitoyen, on avait entendu un cri sauvage, celui d'une femme qui venait de perdre sa plus grande folie, l'amour de sa vie. Guillaume était mort, au moment où l'aube grandissait.

Dans le cimetière, les proches recouvrirent de terre le cercueil. Jacqueline entrevoyait encore par endroits les nervures du chêne, elles l'hypnotisaient, les ronds n'avaient ni début ni fin, puis tout disparut sous la terre argileuse. La jeune veuve était en colère contre son poète, qui lui avait promis de guérir. Il se disait immortel, alors qu'il fallait bien se rendre à l'évidence : même les chênes millénaires meurent.

Jacqueline s'approcha du saule pleureur et posa une main nerveuse sur le jeune tronc dont la sève se préparait à l'hibernation. Autour d'elle, la brume tomba sur le trou béant, formant un halo protecteur sur cette tragédie.

CHAPITRE 21

Un faible bruit me réveilla. Encore indistinct, mais assez perceptible pour me sortir de mes rêves, c'était une sorte de froissement, quelque chose qu'on effleure ou caresse. Je m'étais endormi dans mon canapé, sans me souvenir de ce que j'avais fait la veille. Mon regard se promena sur les lattes du salon : le soleil du matin y jouait des partitions fantomatiques. Alors je reconnus ce chuintement, c'était le bruit ténu que Louise faisait chaque matin, quand elle frottait ses pieds l'un contre l'autre. Ce matin, ma compagne n'était pas là, mais mon esprit l'avait reproduit pour combler le vide, une forme de déséquilibre fonctionnel que mon cerveau compensait par l'imagination. Un écho du passé où la nostalgie affleurait déjà. D'abord insignifiant, le bruit grandit dans ce silence matinal et s'étira comme un élastique avec lequel on a déjà trop joué et qui casse. Un sifflement congestionna mes oreilles et revint crescendo à chaque afflux de sang, battant la mesure de cette symphonie fantôme. Je compris alors qu'il y avait pire que le silence. Il y avait cette résonance d'un passé révolu, où une âme regrette l'absence de l'autre.

Je tentai de reprendre mes esprits, je ne me rappelais même plus m'être allongé et endormi. Mon dernier souvenir était celui de ces flocons que je regardai à travers la fenêtre, après le départ de Louise.

Dehors, la neige tombait toujours : la vie avait quitté la rue, la neige lissait et comblait les aspérités. Sur le rebord d'une des fenêtres, un chat immobile fixait un point imaginaire.

La blancheur de la neige invitait mon rêve dans sa danse. Les fleurs blanches autour du corps d'Apollinaire possédaient la même ouate. À la mort de mon père, j'avais veillé plusieurs fois sa dépouille au funérarium. Lors de ma première visite, un vigile fumait une cigarette sur le parking, je l'avais salué d'un vague geste de la main qu'il avait pris pour une invitation. Il s'était approché nonchalamment, m'avait proposé une cigarette, puis nous avions échangé des banalités. Nous étions deux êtres de passage qui ne se verraient plus dès l'enterrement passé, mais ces bribes de phrases comblaient ma peur, me raccrochaient à des ersatz de vie avant d'affronter le silence. Comme si les platitudes autour de la météo ou du prochain printemps suffisaient à m'armer contre la réalité crue de la mort de mon père.

Quand je découvris la chambre mortuaire, je souris malgré moi. Un parfum citronné, dont mon père avait horreur, embaumait la pièce. Sans doute, le prix ironique de la mort. Les pompes funèbres avaient agencé la décoration de la salle : la chambre s'ouvrait sur un paravent qui permettait aux visiteurs de temporiser, de différer le regard qu'ils poseraient sur le défunt. J'avançai un peu et découvris le visage de mon père. Cette vision m'arrêta : il dormait, les médecins avaient dû se tromper, il allait se réveiller. Je me retournai vers l'agent pour lui annoncer qu'il faisait erreur lui aussi, mais son sourire empli de commisération suffit à me faire comprendre ma méprise. Combien se laissaient prendre ? Y croire une dernière fois ? L'évidence de la mort me cingla d'autant plus.

Un bruit de porte résonna. Je restai seul face à mon père. Je cherchai du regard une chaise, m'assis, puis plongeai la tête vers mes chaussures dont le bout brillait encore du cirage du matin. Sur le côté, quelques marques grisâtres rendaient le cuir inharmonieux. À la deuxième visite, ma pudeur tomba et je levai les yeux vers son visage. Je commençai à lui parler sans retenue : personne ne m'entendait, le temps pressait, c'étaient les dernières occasions d'oser. Je lui avouai tout, ses absences, ces jours passés où, adulte, j'aurais voulu qu'il soit avec moi, ces instants où j'aurais préféré que nous soyons dans une même pièce plutôt que chacun dans nos chambres, nos disputes qui se terminaient par des claquements de portes ; mais aussi, plus sournoisement, nos silences dans le même canapé, mes mains que j'aurais voulu tendre, mais que j'avais gardées baissées à cause d'un orgueil mal placé, mes larmes qu'il n'avait jamais entendues. Cet abîme entre nous, que ni l'un ni l'autre n'avions comblé. Pour cette ultime fois, nous étions dans la même pièce, et son silence ne m'effrayait plus : à chaque minute qui passait, je remodelais mes cicatrices.

Lors de ma dernière visite, je regardai de nouveau mes chaussures ; la poussière avait terni le brillant du cuir et laissait apparaître les craquelures et la patine, mais elles n'en étaient que plus précieuses. Il était temps d'oublier ces manques, nos manques, et de déposer dans cette chambre la valise de reproches.

Au moment de partir, je passai par la pièce commune et croisai une autre famille endeuillée, dont tous les membres se serraient et s'embrassaient. J'étais seul, ils étaient nombreux, et pourtant nous portions les mêmes peines : nous nous sourîmes en contemplant un ailleurs, les yeux chargés du visage de nos défunts.

« Tu n'aurais pas grandi ? »

À mon retour du funérarium, dans le couloir de l'entrée, Louise m'avait accueilli d'un baiser, en se dressant sur la pointe des pieds.

« Sans doute la semelle de mes chaussures », avais-je marmotté.

*

Je fus tiré de mes pensées par la sonnerie de mon téléphone. Sur l'écran s'affichait le nom de Louise :

« Salut, tu vas bien ? Je ne te réveille pas ? Tu as bien dormi ? Tu étais étrange l'autre jour avec maman. »

« L'autre jour. » Depuis quand était-elle partie ? Des images germèrent, des portes d'une maternité du siècle dernier, Angelica et ses chaussons dans le couloir.

« On en a parlé, maman et moi, elle aussi a trouvé que tu avais l'air ailleurs. Tu sais, je suis partie pour aider ma mère dans ses travaux de peinture, mais… mais je suis certaine que cela nous fera du bien aussi. J'ai l'impression que ton esprit est obsédé par quelque chose qui m'échappe… »

Puis elle ajouta plus bas :

« Je crains de ne pas pouvoir t'aider beaucoup. Entre mon boulot et toi, je n'y arrive pas en ce moment. »

Je n'entendis pas le reste de la conversation. Louise parlait de temps qu'elle prendrait à réfléchir, de nos vies désaccordées, et j'étais incapable de la moindre réponse, comme lorsque mon père s'enfermait dans son bureau, en me demandant de ne pas le déranger. Je restais dans le couloir, le dos contre la tapisserie, à l'attendre. Durant ces longues heures, les rainures du parquet, ses nœuds, ses aspérités dans lesquelles je pouvais glisser une pièce de monnaie, n'eurent plus de secrets pour moi. Le regard fixé sur les lattes, je m'inventais de nouveaux mondes. Je me réveillais le lendemain dans ma chambre, sans aucun souvenir des bras de mon père me remettant dans mon lit. À chaque fois, c'était la même chose, je n'osai jamais lui en parler, je m'inventais des récits farfelus dans lesquels un sphinx m'avait emmené sur son dos, guidé par ma mère, déesse de la nuit.

Quand je voulus réagir, seul le vide me répondit : Louise avait dû raccrocher quand mon esprit s'était mis à vagabonder. Je la rappelai aussitôt, mais tombai sur son répondeur. Au bip, je ne dis rien d'autre qu'un timide pardon. J'avais passé l'âge d'être désolé, je n'étais plus un enfant. Lorsque je posai mon téléphone, je pressentis encore une fois la perte d'un membre de ma famille. Ma mère, mon père, et maintenant Louise ? Les abandons se succédaient, jamais les mêmes, souvent définitifs. Dans le labyrinthe de mes âmes perdues, la pâle figure d'Apollinaire apparut. Les livres du poète tenaient en colonnes chancelantes, et, d'où j'étais, ils formaient un muret aux fondations fantaisistes.

Je tendis la main vers le plus haut sur la pile et l'ouvris à une page au hasard :

Ton père fut un sphinx et ta mère une nuit

Le noir des mots dansa devant mes yeux, et la pile, déséquilibrée, tomba. Ce vers, si longtemps imaginé quand j'étais petit, se matérialisait sous mes yeux. Je restai perplexe, debout face à ces livres éparpillés. L'enfance n'était jamais loin.

Il fallait que je me sorte de cette apathie, que j'aille me laver. Dans le miroir de la salle de bains, je découvris un visage gris, comme chiffonné par une nuit sans rêves. Je m'approchai de la glace et fis un état des lieux sommaire : des cernes bleutés et un regard inexpressif. Quelque chose m'interpella : le centre de mes iris était parsemé de taches plus sombres qui n'étaient pas dues à la lumière ; je m'approchai encore un peu plus, jusqu'à sentir le froid de la glace. Ces pigments inédits dans mon regard me rappelèrent les yeux de Louise.

Était-ce cela, les absents ? Des gens qui nous lèguent un peu d'eux-mêmes avant de partir, dans l'espoir que leur absence nous effraiera moins ? Pourtant, j'eus beau regarder, jamais je n'arrivai à distinguer ce que ma mère m'avait laissé. Et mon père ? La lumière du plafonnier se mit à clignoter, permettant à mes larmes de trouver refuge dans le noir.

J'eus à peine le temps de me remettre que la sonnerie du téléphone retentit dans l'appartement ; je sortis en trombe, manquant de déraper sur le tapis, c'était Louise qui rappelait !

« Bonjour monsieur, c'est le docteur Chapotton, je me permets de vous appeler, car je viens de recevoir le résultat de vos analyses. »

Qui était ce docteur, et de quelles analyses parlait-elle ?

À l'autre bout du fil, la voix imperturbable poursuivit :

« J'ai reçu le résultat de vos analyses faites il y a cinq jours, le… 3 février. »

Je m'appuyai contre le mur de la cuisine. Nous étions déjà en février ?

Le médecin continuait toujours :

« Vos analyses montrent une altération sanguine, avec certaines insuffisances. Vous pouvez venir me voir dans une heure, avant la fermeture du cabinet, nous aurons du temps pour discuter. »

Je décidai d'appeler Louise, mais je tombai de nouveau sur son répondeur. Une voix que je ne connaissais pas, celle d'un robot opérateur, me conseillait de laisser un message : je raccrochai au bip.

Dehors, le brouillard s'intensifiait, je ne percevais plus la maison de l'autre côté de la rue ; j'allumai les lumières du salon, puis fis tourner les pages de mon agenda, certaines se déchirèrent ou se froissèrent. Aucune trace de rendez-vous pour une prise de sang n'y figurait, tout était vierge d'une quelconque annotation. D'un mouvement sec, je le reposai sur la table. Une vive sensation de chaleur s'empara de ma main puis de mon bras.

*

Sur la table, le morceau de bois portait les couleurs d'un incendie au cœur hypnotique. À chaque fois que j'approchai ma main, la chaleur devenait plus intense. De mon index, je le parcourus, ses nervures vibrèrent, c'était doux et chaud à la fois. Les sillons me faisaient penser aux cicatrices de Louise, une sorte d'almanach perpétuel d'une vie. Chacune renvoyait à des jours et à des événements particuliers. Ici, une chute à vélo ; là, dans les escaliers ; une autre encore, un accident de poney. Sur d'autres, elle restait plus mystérieuse. Il suffisait que je passe ma main sur l'une d'elles pour que mon amie se rétracte. Quand je les avais découvertes, elle m'avait expliqué que c'était une partie de son corps qu'elle ne sentait plus vraiment, une partie morte qui continuait malgré tout de la définir.

Je fixai le morceau de bois : sur le dessus, il était lisse et clair, mais en le penchant, une tout autre figure apparaissait, faite de nervures et de cicatrices. Les deux faces d'un même objet. La chaleur du bois se dissipa, et avec elle les souvenirs de la peau de ma compagne. Je restai seul avec mon enfance, cage dorée d'un monde devenu fantôme. Si les nervures du bois étaient aussi des lésions, qu'auraient-elles dit si elles pouvaient parler ?

La voix de Louise me revint :

« C'est une partie morte de moi-même que je porte tel un passage discret vers mon passé, difficile à déchiffrer mais, paradoxalement, visible et à fleur de peau. Les cicatrices du corps et de l'âme ne sont-elles pas ce qui nous constitue ? »

Sous la douche, l'eau chaude me délassa, et pendant quelques minutes, redonna ses contours à mon corps. Au moment de boutonner mon pantalon, je repensai à l'appel du médecin : si elle n'était pas inquiète du résultat de mes analyses, la ceinture qui restait lâche me faisait vraiment prendre conscience de ma perte de poids. Je n'osai pas monter sur la balance et préférai changer de bas avant de partir chez le docteur.

Arrivé au cabinet, je m'installai dans la salle d'attente, trop chauffée et mal éclairée. J'ouvris la fenêtre, mais restai debout. Seul dans la pièce, j'en fis le tour, m'attardant sur les quelques affiches punaisées sur un papier peint fleuri : allaitement, glaucome, crise cardiaque, dépistage du VIH. Rien de bien engageant, jusqu'à ce que je tombe sur un mot du médecin ; en bas de la feuille, à côté de son nom de famille figurait son prénom : Apolline. Apolline Chapotton. Une voix derrière moi me sortit de ma surprise :

« C'est à nous, monsieur, entrez ! »

Cela faisait quelques mois que ce médecin s'était installé ici, d'un geste elle m'invita à m'asseoir dans un fauteuil :

« Connaissez-vous la différence entre la chlorophylle et l'hémoglobine ? »

Mon air circonspect l'invita à poursuivre :

« Elle est minime. Un seul atome, pour être exact. Le fer donne au sang sa couleur rouge, le magnésium apporte le vert à la chlorophylle.

– Quel rapport avec mes analyses sanguines ? »

Elle partit d'un grand rire tout en rajustant ses lunettes.

« Bon, ce n'est pas aussi simple que ça, mais j'aime bien me dire que peu de chose sépare l'être humain du végétal. Tout cela pour vous dire que vous êtes atteint de chlorose. Cela touche souvent les jeunes filles à la puberté. Ça doit être votre côté fleur bleue. »

Je ne comprenais rien : elle me comparait à un arbre, puis à une jeune fille… quel était le rapport ? Était-elle vraiment médecin ?

« Rassurez-vous, c'était une mauvaise blague. Vous avez une grosse carence en fer. Vous êtes anémié, d'où cette fatigue récurrente et ces difficultés d'endormissement. Je vais vous en donner, ainsi que de la chlorophylle, cette dernière va stimuler l'absorption du fer. »

Étrangement, sans que je comprenne pourquoi, l'idée me plaisait.

Le lendemain, sur le chemin qui me menait à la bibliothèque, je regardai les arbres différemment.

Sans la présence de Louise, je vivais comme un adolescent, sans autre but que de me faire plaisir, entièrement tourné vers mes recherches sur le poète. Les nombreuses rangées de livres étaient un véritable dédale dans lequel j'aimais déambuler. Mes pas qui s'enfonçaient dans la moquette, le silence des lieux, quelques grincements de chaises, le tapotis sur les claviers des ordinateurs en bruit de fond, le bois des étagères qui craquaient sous le poids d'histoires vécues.

Cet après-midi-là, je me baladais dans les rayonnages, ils étaient devenus des familiers que je me plaisais à regarder ; les allées n'avaient plus de secrets pour moi, et certains bibliothécaires me faisaient un petit signe quand ils me voyaient. Mes pas m'avaient conduit du côté des biographies, les plus grands étaient là : les politiciens et leurs doctrines, la vie cachée des stars du cinéma, ou encore la vie sulfureuse ou ascétique des écrivains.

Entre deux rangées, je tombai sur la photographie d'une jeune fille à la moue boudeuse : un immense front rehaussé d'une épaisse chevelure brune ramassée en chignon lâche. Je n'avais aucune idée de qui était cette femme, pourtant elle avait dû avoir un rôle en littérature, si sa photo était affichée ici. Jamais auparavant je n'avais croisé ces yeux mélancoliques. Je m'en approchai, la poussière sur le cadre et les bords jaunis par la lumière montraient au contraire une certaine vétusté. En tout petit, en bas à droite, figurait une note :

Annie, première muse d'Apollinaire.

*

Je reculai vivement et me pris les pieds dans le chariot d'un bibliothécaire.

Je bégayai :

« Désolé, je ne vous avais pas entendu. Depuis quand ce portrait est-il là ? »

À son regard lénifiant, je sus que je le dérangeais.

« Depuis au moins cinq ans, Monsieur, c'est même moi qui l'ai accroché. Vous vous intéressez à Apollinaire ? C'est une de ses premières muses, la moins connue. Vous trouverez sa biographie, sur la deuxième rangée. »

Il me désigna mollement du doigt l'emplacement, rangea quelques exemplaires plus loin, puis repartit en poussant son chariot. Dans son sillage flottait une odeur boisée de cèpes et de mousse que je connaissais, mais je fus incapable d'y rattacher un souvenir. Je m'approchai de la deuxième rangée et ouvris le livre, *Annie Playden.*

Pourquoi ce livre n'était-il pas apparu lors de mes recherches ? Je jetai un rapide coup d'œil sur la photo, les yeux d'Annie Playden me regardaient toujours. Je jetai mon dévolu sur l'étagère la plus proche et m'y adossai. Le livre était la réécriture d'une thèse, faite à l'université de l'Oregon, qui contenait des extraits de journaux.

Annie Playden, originaire d'Angleterre, avait émigré aux États-Unis et était devenue Mrs. Postings. Jamais elle n'avait su que son amour de jeunesse était devenu une célébrité en France. Dans les années 1950, des chercheurs français étaient partis là-bas pour la retrouver : aussitôt, je m'imaginais, béret sur la tête et pantalon en tweed, sonner timidement à la barrière de cette maison.

CHAPITRE 22

Annie Playden, 1955

Cher journal,

Quelle étrange journée ! Il faut que je prenne le temps de la consigner dans ce carnet : demain, je le sais bien, je me dirai que je l'ai rêvée.

Un homme vient de quitter la maison. C'était la première fois que je le voyais. Quand la sonnette a retenti, j'étais dans le jardin, les mains dans la terre, à m'occuper de mes boutures. Je me suis approchée de lui, surprise. Je ne l'avais jamais vu. Personne ne vient dans la journée, tout le monde travaille en ville.

Le matin même, j'avais lu un article effrayant dans le journal. Hier, un tueur s'était échappé de la prison. J'ai serré mon sécateur.

L'homme m'a tendu une main, dans l'autre il portait un attaché-case marron.

« Je n'ai besoin de rien.

– Rassurez-vous, je ne vends rien. Êtes-vous Mrs. Annie Playden ? »

Depuis combien de temps ne m'avait-on pas appelée par mon nom de jeune fille ?

J'ai hoché la tête, il a embrayé :

« Connaissiez-vous Guillaume Apollinaire ?

– Qui ça ? »

L'homme avait un fort accent français.

« Wilhelm Kostrowitzky, peut-être ? »

Mon sécateur fit un bruit sourd en tombant.

Cet homme est resté deux heures, pour me poser des questions, puis il est reparti comme il était venu. À son départ, je suis restée assise sur le perron, à me balancer dans la nacelle. Mes boutures attendront.

Kostro.

Il y a bien quarante ans que je n'avais pas pensé à lui.

À cette époque, j'étais encore jeunette. Nous venions de passer un nouveau siècle, le XXe nous ouvrait ses bras, les temps étaient autres : j'étais une fille candide et obéissante, sous le joug de mon père, qui dictait ses lois. Anglicans, nous menions une vie sans apparats. Mes journées étaient rythmées par les corvées. Nombreuses et harassantes, elles me permettaient à peine de faire mes prières du midi. Le soir, je m'écroulais entre les bénédicités et la soupe.

Heureusement, une opportunité s'est offerte à moi. La vicomtesse de Milhau cherchait une gouvernante pour sa fille Gabrielle. De façon étonnante, mon père a accepté ce départ sans une grimace : la famille appartenait à la communauté anglicane, cela lui suffisait. J'étais au service d'Elinor de Milhau depuis un an quand elle a décidé de partir en Allemagne.

Je suis partie en train avec Gabrielle, tandis que la vicomtesse faisait le voyage de son côté avec le nouveau précepteur de sa fille, un Français que je n'avais jamais rencontré. Il était prévu qu'il lui donne trois heures de cours par jour et qu'il soit payé une centaine de francs. Nous venions de fêter mes vingt et un ans quand j'ai fait la connaissance de Kostro. Nous avions le même âge, cela nous a sans doute rapprochés. Nous parlions de nos familles, de sa mère qui était aussi folle que mon père, dans un genre différent. C'était le temps des découvertes, des premiers émois. Un simple frôlement de mains rendait ma nuit blanche, je revivais la scène sous tous les angles, tout en me morfondant de ne jamais donner suite.

J'étais encore une jeune impatiente. La suite est arrivée très rapidement. Kostro me témoignait chaque jour son amour. Chaque matin, un bouquet de fleurs champêtres m'attendait sur le seuil. Parfois un dessin, parfois un poème l'accompagnait. Je regardais toujours dans le couloir, espérant le trouver là. Mais jamais il ne s'est montré.

Quelques semaines plus tard, il m'a pris la main, lors d'une balade en forêt. Il m'a alors raconté comment il se sentait bien parmi les arbres ; sur un tronc, il dessina de son doigt nos initiales, et nous y avons scellé comme des enfants nos premiers sentiments. Nos baisers ont été gauches, mais sincères.

Ensuite, Kostro a voulu aller plus loin, il était empressé d'aimer ; de mon côté, j'étais effrayée et j'ai repoussé ses avances. Un frôlement, une main, cela passait encore, mais qu'aurait pensé mon père si je perdais ma virginité ? Je me suis concentrée sur Gabrielle, la fillette avait besoin de moi, de mes valeurs, car j'étais un exemple pour elle. Kostro s'impatienta et devint bileux. Son caractère effaçait la douceur de nos premières conversations. Ce n'est pas en Allemagne que j'ai perdu ma virginité.

Aujourd'hui, ces souvenirs me reviennent. De la fenêtre, je distingue ma sœur au loin sur la route. J'ai oublié de faire cuire la viande pour les bêtes. Ma sœur travaille le jour comme secrétaire, mais les chiens sont sa véritable passion. Quand elle travaille, je la relaie au chenil, les bêtes m'apaisent.

Ce soir, je raconterai à ma sœur comment j'ai été la muse d'un des plus grands poètes de ce siècle. D'ailleurs qui sait, peut-être est-ce parce que je l'ai repoussé qu'il a écrit d'aussi beaux poèmes ? Quand la maisonnée sera endormie, je relirai le poème griffonné sur ce papier que le Français m'a laissé, un poème que Kostro avait écrit pour moi : « La Chanson du mal-aimé ».

Les cafés gonflés de fumée
Crient tout l'amour de leurs tziganes
De tous leurs siphons enrhumés
De leurs garçons vêtus d'un pagne
Vers toi toi que j'ai tant aimée

Moi qui sais des lais pour les reines
Les complaintes de mes années
Des hymnes d'esclave aux murènes
La romance du mal-aimé
Et des chansons pour les sirènes

Guillaume Apollinaire
« La Chanson du mal-aimé », *Alcools*

CHAPITRE 23

« La bibliothèque fermera ses portes dans quinze minutes, merci de vous diriger vers la sortie. N'oubliez pas de remettre les livres sortis des rayons sur le chariot le plus proche. »

Sous mes doigts, le velours de la couverture m'apaisait : quelle aurait été ma réaction si un inconnu était venu me parler de ma mère ? Pour Annie, une vie s'était écoulée sans qu'elle sache ce qu'était devenu son amour de jeunesse. Sa vie fut-elle changée après la visite de cet homme ?

Je n'avais pas le temps de découvrir la suite de son journal ; autour de moi, les lumières s'éteignaient et un rapide coup d'œil me fit comprendre que j'étais le dernier à cet étage. J'accélérai le pas.

Sur le sol se détacha un rectangle blanc : je reconnus facilement le logo de la bibliothèque au verso. Amusé, je pris la carte et la retournai. Surpris par ce que je vis, je lâchai la carte. Je connaissais ce sourire fin qui dévoilait quelques dents, ces boucles brunes, ce port hautain dont le regard était tourné vers un ailleurs. Sous mes yeux, le visage de ma mère à ses vingt ans. J'approchai mon visage de la carte afin de mieux en discerner les détails, mais un nouveau visage était apparu. Les mêmes boucles, sans le sourire. Il était tard, j'avais lu trop de pages, ma vue se brouillait. Je déposai la carte sur la table la plus proche et m'y accrochai quelques minutes, tant tout autour de moi tournait.

« Tout va bien, monsieur ? »

La voix semblait venir de quelques étagères plus loin, elle n'avait ni visage ni épaisseur.

« Oui, merci, je vais sortir. »

Dans la rue, la lumière jaune de la station de métro m'invitait à descendre, mais je décidai de rentrer à pied. Plus personne ne m'attendait.

Les terrasses des bars étaient les seuls lieux de vie, halos lumineux éclairés par les chauffages rougeoyants ; des ombres riantes s'y entassaient, et de loin, leur langue était incompréhensible, étrangère presque. Le froid me saisit, coupant mon souffle. Quelques flocons tombèrent sur ma veste avant de s'évanouir au sol, où la neige n'avait pas encore été piétinée et était moelleuse. Mes empreintes y imprimaient de façon éphémère une forme de vie, je repris des forces et me raccrochai à une réalité qui devenait chaque matin plus évanescente.

Que faisait ma Lou en ce moment ?

Personne ne se baladait par ce froid, laissant à la nature le plaisir de jouir de son carcan neigeux. Le quartier heurtait par sa verticalité, l'horizon n'apparaissait plus. Je m'arrêtai, pris de vertige face à ces titans. Sur ma droite, de la verdure émergeait de tout ce blanc, il ressemblait à un vestige d'un autre temps, à un acte de résistance entre cette neige et les pierres. En quelques pas, j'arrivai au-dessus de cette langue verdoyante. Les bruits de la ville s'évanouirent, comme une volée de moineaux au printemps, et les monstres de pierre disparurent : il ne resta plus que mon souffle sur cette nature endormie par le froid.

Les feuilles ciselées de blanc apportaient un spectacle onirique ; emmitouflée dans ses habits de glace, la nature attendait qu'on la réveille, je soufflai doucement sur un arbrisseau, le givre perdit son éclat et devint presque opaque. Durant quelques instants, je jouai avec. La nature restait là, tapie au creux du béton, et offrait à celui qui la regardait ses joyaux d'hiver.

Je repris ma route : face à moi se détacha une vitrine aux teintes dorées, la chaleur qui en émanait m'invita à m'en approcher. Sur la vieille enseigne d'un vert patiné, était écrit : « Chez Florin. » Je n'avais jamais vu cette vitrine auparavant, pourtant je passais régulièrement dans le quartier. Le nom m'intrigua, presque le mien, mais la ressemblance s'arrêtait là : ce Florin vendait des pipes et je n'en avais jamais fumé. De l'autre côté de la vitre, elles étaient rangées par tailles et catégories : en bois, en terre cuite, en céramique. Sur certaines, l'ambre du tuyau s'accordait avec les nervures de l'objet. J'eus soudain le désir d'en saisir une, de la toucher, de la préparer méthodiquement, puis de goûter sa saveur inimitable. J'avais toujours associé la pipe à des moments de détente sans jamais en essayer une. Laquelle choisir ? Je restai derrière la vitre, avec la même ferveur qu'un enfant. À cette heure, il n'y avait plus personne dans cette boutique, mais une certaine chaleur en émanait. Je regardai les horaires d'ouverture et me promis d'y revenir, ne serait-ce que pour découvrir qui était le propriétaire de la boutique. D'un mouvement de tête, je cherchai un numéro de rue, mais n'en trouvai pas, la rue elle-même me parut étrangère. Je soufflai sur mes doigts, qui s'engourdissaient dans ce froid, puis continuai ma route.

Au coin de la rue suivante, l'imposante bâtisse des Invalides émergea. Je m'étais éloigné de mon chemin, sans m'en rendre compte. La grille du portail était ouverte, mais entravée par un militaire à la mine peu avenante. Sur la droite, une affiche : « Picasso en temps de guerre. »

« Bonsoir monsieur, le musée de l'Armée est-il ouvert, ce soir ? »

L'homme mit quelques secondes avant de hausser les épaules et de me laisser passer.

« Chaque jeudi, le musée ferme plus tard. Il est vingt-deux heures, il vous reste un peu plus d'une heure. Pour vous, la partie intéressante se situera au premier étage : Picasso et la Première Guerre mondiale. Il y a même une carte postale envoyée par son poète et ami Guillaume Apollinaire. »

Je marquai un temps d'arrêt, l'homme était de profil et marmonnait quelque chose dans son talkie-walkie, tout en griffonnant sur son bloc-notes. De loin, le dessin avait les mêmes courbes qu'un croquis dessiné par Picasso. Je m'en approchai et crus distinguer la silhouette d'Apollinaire.

« Vous restez là ? »

J'eus un dernier regard sur le dessin du vigile, puis m'engageai dans l'allée des Invalides. La nocturne du musée était un nouveau signe, une aubaine vers laquelle tout convergeait.

L'air chaud m'étourdit et, sous les lumières artificielles des salles, je retrouvai Picasso et l'écriture de Guillaume sur des lettres qu'il avait envoyées du front à Pablo, resté à Paris.

Seul le verre séparait sa carte postale de ma main. Mon nez trop près du carreau affola le gardien, qui se racla la gorge. À ma droite, un casque pour écouter un extrait audio. Son cartel m'intriguait : « Souvenirs de guerre. »

CHAPITRE 24

Cirgos Vayssière, dit Cirrhose, sous-lieutenant du 96e régiment d'infanterie, 1916

À la guerre, personne ne vous appelle par votre nom, l'état civil est seulement bon pour les inscriptions sur les pierres tombales. Chaque soldat a un matricule, mais allez retenir des chiffres, aussi on donne un surnom à tout le monde. Parfois en fonction du physique, d'autres fois selon le nom de famille. Celui qui venait d'arriver avait un nom de polack imprononçable, Kostro quelque chose ; avec les gars, on a choisi de l'appeler « Cointreau-Whisky » : ça sonnait bien, et ça collait avec sa réputation de bon vivant. Malgré la guerre, il restait jovial, attentif au moindre instant de liesse. Et il y en a eu, malgré tout.

Je me souviens de son ombre démesurée quand il est arrivé à la caserne. Un grand gars, de larges épaules, et l'œil qui frisait. Le premier soir, après avoir mangé quelques louches d'une soupe insipide, j'ai découvert que c'était son heure muette. Penché sur ses carnets, il ressemblait à ces grands arbres un peu dégingandés qui nous entouraient. Le lendemain, au petit matin, quand on est tous partis dans la brume, sa silhouette se confondait avec les feuillus. Pour un peu, j'en aurais tiré ma larme.

Il m'a rapidement fait grande impression. Le premier jour, nous étions montés sur la ligne de front, il y avait une offensive et nous devions répliquer. Pour son premier jour parmi nous, il découvrait en même temps nos habitudes, les tranchées et le front. Il avait été artilleur jusqu'à présent, c'était un bleu pour nous, et pourtant je ne l'ai pas vu défaillir : il s'est battu avec exemplarité, ne ménageant pas ses efforts. Mais le plus important était que je me suis rendu compte de son humanité. Un homme bien.

C'est arrivé en fin de journée, nous avions quitté la guitoune depuis trop longtemps déjà, les hommes étaient fatigués, ça se voyait à leur façon de porter leur barda. Autour de nous, la plaine ne ressemblait plus à rien, les arbres étaient nus et tordus par le vent, un peu comme nous l'étions par les obus, il y avait aussi cette odeur insoutenable de charogne. La plupart du temps, on n'arrivait pas à évacuer les nôtres, ils pourrissaient, au mieux au sol, au pire sur les barbelés. Les voir se putréfier dessus était la plus abominable des visions.

Je suivais Cointreau du regard, le premier jour n'est jamais une mince affaire. Je me suis rapproché de lui, il était avec la Guigne. Les hommes l'avaient surnommé ainsi parce qu'il lui arrivait toujours les pires nouvelles. Sa femme l'avait plaqué par lettre et lui avait annoncé qu'elle attendait un enfant d'un autre. Ça avait fait toute une histoire. Et le soir, son frère n'était pas revenu du front. Même en temps de guerre, ça fait beaucoup pour un seul homme.

La Guigne et Cointreau papotaient, ils étaient à découvert, et cela ne manqua pas : la Guigne s'en est pris une. En pleine poitrine. Paf ! De derrière, je l'ai vu chanceler au ralenti, puis tomber. C'était presque beau. J'ai arrêté d'avancer, pour me mettre à couvert, puis j'ai regardé Cointreau. Même de dos, j'ai bien vu qu'il n'en menait pas large. J'ai réussi à m'approcher un peu et j'ai pu lui donner quelques conseils.

« Prends un morceau de tissu et comprime la plaie. Appuie de toutes tes forces. »

Il a hoché la tête, mais la Guigne a repoussé sa main, faisant non de la tête. Il lui a dit un truc que je n'ai pas saisi. Cointreau a fouillé dans sa veste et en a sorti une cigarette. Le con ! il allait fumer ?

Je me suis rendu compte qu'il tremblait en l'allumant. C'était pas le moment ! Mais soudain, il s'est penché vers la Guigne et lui a soufflé dans la bouche. Sans doute était-ce sa dernière volonté : fumer. Même par procuration.

Cointreau a répété son geste autant qu'il l'a pu, mais le pauvre la Guigne est mort avant que l'autre ait pu finir cette foutue cigarette. J'y pense dès que j'ouvre un paquet de perlot. Heureusement, j'étais seul, personne n'a pu voir un sous-lieutenant pleurer comme un con la mort d'un ami. Quand nous sommes rentrés, le soir, complètement fourbus par la journée, Cointreau s'est installé à côté de moi. Il a sorti son carnet et a commencé à écrire. Je me suis penché par-dessus son épaule. Il avait une écriture fine et nerveuse :

Je n'ai plus pitié de moi
Et ne puis exprimer mon tourment de silence
Tous les mots que j'avais à dire se sont changés en étoiles
Un Icare tente de s'élever.

Il était fort, le gars. Mais il n'avait pas eu le temps de terminer que déjà le major la Tirette lui cherchait des noises :

« C'est toi, Apollinaris ? T'as pas honte de venir traîner tes bottes et ton nom d'eau minérale allemande sous le drapeau français ? »

Cointreau l'a alors regardé :

« J'ai justement les doigts qui me démangent, on règle ça en duel ? »

C'est à ce moment-là que je me suis interposé :

« Les gars, vous n'avez pas honte ? Vouloir vous entre-tuer entre Français ? Allez, casse-toi, la Tirette, on ne veut pas de toi par ici. »

Cointreau est retourné à ses croquis et a allumé sa pipe. Il caressait son culot comme les jambes d'une femme. Avec tendresse et fermeté. À la deuxième bouffée, il s'est tourné vers moi et a dit :

« Tu sais ce que j'aurais dû faire avant de venir ? Rouler une lettre d'amour avec le tabac d'un cigare. Comme ça, en le fumant ici, j'aurais inhalé un peu de bonheur dans mes poumons. »

Il était décidément pas comme les autres. Je l'interrogeai sur sa pipe en céramique, la première fois que j'en voyais une. Il tira une nouvelle bouffée et fit un grand geste vers un arbre noirci et biscornu par les obus :

« Regarde cet arbre, on a déjà fait assez de mal à la nature, je ne me vois pas tirer plaisir d'un morceau de bois qu'on a coupé. Avec la céramique, la volupté est là. »

CHAPITRE 25

Je me réveillai en sursaut sous le bruit de la mitraille. Je mis quelques secondes avant de saisir où j'étais. C'était une fourgonnette qui pétaradait dans la rue. Chaque inspiration me faisait mal, un relent de poudre noyait mes souffles, une toux me prit, caverneuse. Je m'assis pour tenter de comprendre, mais le noir emplissait la pièce, à l'exception d'un rayon sous la porte qui agrandissait les ombres.

Sur les murs, je ne distinguais que des taches, et mes membres étaient aussi gourds que s'ils avaient porté une charge lourde. J'écartai d'un geste vif le rideau, la faible lumière du réverbère suffit à me faire reprendre pied dans la réalité : j'étais chez moi.

Des traces zébraient le haut de mes bras. Je crus d'abord à une ombre, mais les marques étaient bien réelles. Une goutte de sueur glissa le long de ma tempe. Dans mes oreilles, bourdonnait un bruit saccadé de mitraille et d'obus. Il faisait écho à la musique martiale du radio-réveil, dont le rythme entêtant prolongeait chimériquement mon rêve aux sensations et contours trop vivaces. Je touchai mes membres endoloris et appuyai plusieurs fois sur les ronds sombres, dont le bord virait au jaune. Mais comment pouvais-je avoir autant de bleus ?

Occupé à m'examiner, je n'avais pas distingué une masse noire, à quelques mètres de moi, qui en profita pour sauter sur mon lit. Je sursautai, cherchant à attraper de la main droite un fusil imaginaire, puis compris que ce n'était que le chat. Il me fixait, et son regard, pupilles élargies par l'obscurité, me questionnait. Mon premier réflexe avait-il été de me saisir d'une arme ? Ma tête retomba entre les deux oreillers, et la bête, innocente de mon trouble, vint se frotter contre mon menton. Ma barbe avait poussé, et elle crissait contre son museau. L'esprit ailleurs, je caressai son poil.

Cinq minutes plus tôt, j'étais sur le front, en Champagne, sous une mitraille d'obus. Il ne fallait pas que je perde ces indices, le fantôme de Guillaume transparaissait encore sur mes rétines, je devais encrer ce rêve. Je pris le premier papier que je trouvai, et écrivis ce songe inattendu.

Les mots d'un autre sortaient, flot ininterrompu d'une écriture automatique. Détachée du reste de mon corps, ma main glissait et allait à la ligne : des vers s'accumulaient, comme ces nuages dans le ciel qui se chevauchent quand le vent interrompt sa course. Puis l'onde cessa. Je restai hagard quelques minutes, sous le coup de ce jaillissement, puis allumai une lampe et mis mes lunettes. La feuille blanche s'était noircie d'écrits épars :

Pendant le blanc et nocturne novembre
Alors que les arbres déchiquetés par l'artillerie
Vieillissaient encore sous la neige
Et semblaient à peine des chevaux de frise
Entourés de vagues de fils de fer
Mon cœur renaissait comme un arbre au printemps
Un arbre fruitier sur lequel s'épanouissent
Les fleurs de l'amour

Pendant le blanc et nocturne novembre
Tandis que chantaient épouvantablement les obus
Et que les fleurs mortes de la terre exhalaient
Leurs mortelles odeurs
Moi je décrivais tous les
Jours mon amour à Madeleine
La neige met de pâles fleurs sur les arbres
Et toisonne d'hermine les chevaux de frise
Que l'on voit partout
Abandonnés et sinistres
Chevaux muets

Le chat était resté immobile, mais le bond que je fis pour me glisser hors du lit le surprit. Il poussa un miaulement bref, avant de me suivre : il devait avoir faim. D'une main, je lui versai quelques croquettes ; de l'autre, j'allumai maladroitement mon téléphone et inscrivis dans le moteur de recherche le premier vers. Mon wifi fonctionnait mal, je patientai et m'aperçus que le chat sortait ses croquettes une à une du ramequin, sans les avaler. Quand le résultat apparut, Tirésias se frottait contre moi pour quémander des caresses : et une ribambelle de croquettes jonchaient le sol.

« Chevaux de frise », dans *Calligrammes*, novembre 1918.

Madeleine. J'avais lu ce recueil il y a quelques mois, comment pouvais-je m'en souvenir aussi bien ? Aucun mot ne manquait.

Une biographie sommaire jouxtait le poème *Chevaux de frise* et stipulait que Guillaume avait passé un été avec son frère, à Stavelot, un village belge près de Liège.

Je décidai d'y aller le jour même. Ma vie n'avait plus aucun sens, je vivais seul avec un chat que je ne comprenais pas, faisais des rêves sans queue ni tête, me prenais pour un poète dont je ne connaissais pas l'existence voici quelques mois. Il fallait que j'arpente les mêmes lieux que lui, que je le découvre grâce aux endroits qu'il avait habités. Là-bas, une réponse apparaîtrait peut-être ?

*

L'idée de partir en fin de journée, de m'endormir en France et de me réveiller en Belgique me plaisait. Il devenait impérieux de me rendre sur place, de fouiller dans sa jeunesse : j'avais envie d'aller au plus proche des lieux que le poète avait connus, de porter mes pas là où il avait été, là où tout avait commencé. Ma journée passa rapidement, à préparer une valise plus remplie de livres d'Apollinaire que d'affaires.

Au moment de partir, alors que j'avais déjà la main sur la porte, le téléphone sonna. Je marquai un temps d'arrêt ; personne ne m'appelait jamais sur le fixe, mais ma curiosité l'emporta.

« Allo, Florent ? »

C'était une voix féminine, lointaine, presque celle d'une inconnue, mais quelque chose me renvoyait à un vague passé.

« Oui, qui est-ce ? »

La voix souffla :

« Mais enfin, tu ne me reconnais pas ? »

La brume autour de moi s'évanouit.

« Lou, c'est toi ?

– Lou ? »

Sa réponse cingla à l'autre bout :

« Lou ? Encore ce diminutif ? Tu te prends toujours pour Apollinaire ? Je ne sais pas si j'ai bien fait de t'appeler. »

Je ne sus que dire : pourquoi avais-je utilisé ce diminutif ? À l'autre bout du fil, la respiration saccadée de ma compagne me paralysa.

« Je te laisse, tu as à faire. Bonne soirée. »

Le combiné dans les mains, je demeurai l'oreille et le cœur fixés au téléphone, puis je m'aperçus de ma position incongrue, le corps penché sur un appareil silencieux. Je m'allongeai dans le canapé et restai ainsi, mes chaussures toujours aux pieds. Ma Lou m'avait-elle vraiment appelé, ou était-ce un rêve ? J'entendis la trotteuse de ma montre, et soudain la solitude me pesa, chaque seconde rendait son départ plus enraciné, comme si sa voix avait ranimé son absence.

Il me fallait de la musique et un whisky. Quand je versai le liquide, l'iode parfuma la cuisine et glissa jusque sous mes narines, entraînant des souvenirs heureux, des soirées mémorables à refaire le monde dans le canapé avec Louise, à ces heures où l'humain se sent invincible et flirte avec le divin, instants durant lesquels le passé et le futur sont des entités floues qui ne comptent pas.

J'oubliai même Stavelot et mon sac dans l'entrée. La nostalgie m'étouffait et le futur m'angoissait. Je rappelai Louise, mais je tombai sur sa messagerie, et eus la même force que les lâches en raccrochant. Dans la poche de ma veste, je sentis une protubérance, je passai une main à l'intérieur et en sortis une pipe.

Elle était en céramique, comme celle de Guillaume. Mes doigts parcoururent son bombé lisse, la sensation me détourna de ma mélancolie, à moins que ce ne fût le whisky. Les volutes exhumèrent mon dernier songe : Apollinaire sur le front, en train de fumer la pipe. À mon tour, j'y enfonçai mon index et la bourrai, ni trop ni trop peu. Mes gestes étaient précis, habitués à ce qui semblait être un rituel. Depuis quand avais-je cette pipe sur moi ? Et ce tabac ?

Quand je tirai ma première bouffée, le fantôme de Louise se fit plus évanescent, mon regard croisa mon ombre chinoise au mur, et je me plus à m'imaginer sous les traits du poète. La tête me tournait un peu, je m'assis et fis disparaître cette illusion.

La ouate du whisky m'emportait, quand un bruit me sortit de ma rêverie. Quelqu'un sonnait à la porte. Qui cela pouvait-il être ? La soirée était déjà bien amorcée, et je n'attendais personne : Philippe était en séminaire en Chine, et il ne reviendrait pas avant un mois. J'eus soudain le fol espoir que ce soit ma Louise, ma Lou, ma petite adorée : elle me faisait une surprise. J'ouvris, mais tombai sur un casque noir mat à la visière baissée.

Je ne pouvais pas distinguer ses yeux, mais la silhouette était bien plus grande que moi, ce ne pouvait pas être Louise. L'inconnu me désigna du doigt un colis à ses pieds, puis partit sans même me demander de signer. Je restai sur le pas de la porte à tenter de me souvenir d'une quelconque commande. En vain. Le paquet n'était pas pour Louise, mais bien pour moi ; en revanche, aucun nom d'expéditeur n'y figurait. Je le soulevai et le secouai dans le but de découvrir ce qu'il renfermait. Il était assez lourd pour sa taille, et le poids à l'intérieur semblait dense.

Mon salon embaumait le tabac, c'était une odeur à la fois boisée et épicée, je tirai une nouvelle fois sur ma pipe et me plus à regarder le nuage se former au-delà de mes lèvres. J'ouvris le carton, qui contenait une boîte en bois, du genre de celles qui pullulent sur les brocantes. Ornée d'une marqueterie d'une autre époque et dont la serrure était factice, elle me faisait penser à une boîte

La musique ne me parvenait que par bribes, étouffée par un bourdonnement dans mes oreilles : au bas de la couverture, j'avais entraperçu une signature que je connaissais bien, une signature dont le A d'Albert me transperça de sa pointe. Albert de Kostrowitzky, le frère d'Apollinaire.

L'air me manqua, je me levai et ouvris la fenêtre en poussant un cri : un des morceaux de verre venait de se ficher dans mon talon. Je regardai, impuissant, mon sang se mêler à l'alcool et former une rigole avant de glisser entre les lattes du parquet. Sur la table basse trônait toujours la coupe de bois que j'avais rapportée du cimetière : la lumière du salon lui donnait des reflets carmin. Tout se mélangeait. Sur ma platine, la voix de Leonard Cohen m'implorait de danser avec elle et *chantait toujours à en râle mourir.*

à bijoux. Le couvercle se leva sans résistance, et de la boîte sortit une fragrance de sous-bois capiteuse.

Je me servis un nouveau verre. L'ambre de l'alcool avait les mêmes teintes que la boîte. Dans le creux de ma paume tournait le whisky, et ses vapeurs montaient jusqu'à moi ; je me laissai bercer quelque temps par ce roux hypnotique et cette pipe délicieuse, mais le désir de découvrir le contenu du colis grandissait à chaque gorgée. Sur la platine, j'avais lancé un disque sans trop regarder quelle musique accompagnerait ma soirée : les accents rocailleux de Leonard Cohen se demandaient ce qui était arrivé à l'amour.

Sa voix d'outre-tombe me donna le courage d'ouvrir ce qu'on m'avait envoyé anonymement. Il serait temps, plus tard, de penser à Louise, à nous, à ce futur qui m'échappait des mains, et de penser aussi à l'expéditeur du colis. Mais, au moment où je me penchai sur la boîte, mon pied heurta un pied de la table et fit tomber le verre, posé trop près du bord, qui se brisa comme un éclat de rire. Je suivis des yeux l'alcool qui se répandait sur le parquet : le ménage attendrait.

Au milieu d'une dizaine de lettres rangées par taille se trouvait un cahier bleu qui attira mon regard : en lettres sombres se détachait le nom « Stavelot ». Le cœur prêt à déborder, comme lors d'une rencontre amoureuse, je l'extirpai du reste, tandis que dans l'appartement s'élevait une nouvelle chanson :

I can't leave my house
Or answer the phone
I'm going down again
But I'm not alone

CHAPITRE 26

Alberto Eugenio Giovanni de Kostrowitzky, 1899

L'été baignait la forêt de Stavelot d'une lumière particulière, les sous-bois possédaient des teintes ambrées et l'air brûlant portait nos rires. Guillaume avançait le premier ; en sa qualité d'aîné, il ouvrait la marche et, les mains derrière le dos, sifflotait un air que lui seul connaissait, sans doute venait-il de l'inventer. Je marchais dans ses pas : de deux ans son cadet, et bien plus petit que lui, j'avais du mal à suivre les enjambées de géant de mon frère. Il m'impressionnait.

Chaque jour, nous partions randonner : nos chaussures de ville étaient peu adaptées aux balades champêtres, mais Gui y tenait. Même s'il ne le disait pas, Stavelot l'étouffait. Les villageois nous avaient pris sous leur aile. Les femmes, surtout, avaient pitié de nous et nous traitaient comme deux orphelins. Les hommes, eux, montraient leur attention comme ils le pouvaient : en nous offrant à boire, à toute heure de la journée. Je grimaçais, c'était aigre, presque le même goût que le vinaigre. De son côté, Gui avalait son verre d'un trait avant de le déposer sur le comptoir. Nous étions encore mineurs, et toute forme de lien affectif, aussi minime, était à vénérer.

De mon côté, je pensais que Gui aimait ces moments pour rompre la monotonie des jours. Il finissait son péket en me faisant un clin d'œil : ce serait notre secret rien qu'à nous, notre mère n'en saurait rien. Le soir, l'auberge prenait de nouvelles teintes : tout n'était que fureur, vacarme et jeux. Tous les clients riaient et semblaient oublier leur misère quotidienne. Cette liesse était une façon de tenir, d'oublier le silence des journées, le bruit des pioches dans les mines, la touffeur des galeries, la vacuité des années.

Pour l'aubergiste, nous étions deux aristocrates russes : notre oncle, en réalité le compagnon de notre mère, nous avait déposés dans cette pension pour quelques mois, l'été tout au plus. Ce jour-là, il avait mis son costume le plus apprêté, un chapeau melon et une chemise en soie, ce qui avait impressionné les villageois. L'entourloupe avait été préparée : il devait descendre quelques jours chez l'aubergiste Constant, dans le but de faire bonne impression, puis de proposer une somme exorbitante pour notre séjour. Le patron avait été tellement impressionné qu'il n'avait même pas demandé d'acompte. La roublardise avait fonctionné. Une fois que nous fûmes arrivés à Stavelot, notre « oncle » partit : officiellement pour régler quelques affaires, officieusement pour rejoindre notre mère à Spa, à vingt-cinq kilomètres de là. Il n'était même pas monté nous dire au revoir.

En France, la réputation de notre mère n'était plus à faire, elle y était interdite de jeux d'argent, mais elle croyait toujours qu'ailleurs elle allait « faire sauter la banque », comme elle nous disait. Olga, de son vrai nom Angelica ou Angelina, personne ne sut jamais vraiment, était une émigrée polonaise un peu fantasque qui pensait qu'elle ferait fortune et retrouverait un rang qu'elle n'aurait jamais dû quitter. Elle nous promettait de belles maisons, des sommiers et matelas décents, des dîners fastueux, des voisins plus sympathiques. Elle rêvait éveillée, et nous, ses enfants, faisions semblant d'y croire : depuis toujours, nous étions pauvres et vivions dans des meublés, pourquoi cela changerait-il ? Certains soirs, je me plaisais à imaginer une vie sans elle. Cette femme était ma mère, mais ne m'avait reconnu qu'à l'âge de six ans. J'en gardais une sorte de mal-être, de sentiment d'abandon qui me taraudait. Elle m'avait abandonné une fois, elle pourrait le refaire. En revanche, avec mon frère, la complicité n'a jamais fait défaut. Je le suivrais partout.

Les premiers temps à Stavelot furent longs. Des amitiés à tisser, tout en ayant toujours en tête que nous pourrions repartir du jour au lendemain. Une fois par semaine, à la pension, se réunissait un cercle littéraire : Gui s'était entiché d'une des comédiennes de la troupe théâtrale, du nom de Mareye Dubois, et lui avait envoyé des madrigaux qu'elle s'empressait d'aller lire à ses sœurs. De temps en temps, ils montaient tous les deux à la pierre du Diable, Gui en revenait assez dépité, car Mareye ne cédait pas à ses avances. Il griffonnait dans ses carnets des poèmes polissons, dans lesquels ses fantasmes éclataient. Quand il dormait, je les ouvrais et m'en délectais.

Ce matin, quand l'aubergiste déposa la chicorée brûlante sur la table, il en profita pour glisser à mon frère :

« Savez-vous quand revient votre oncle ? Il n'a pas payé d'acompte, et voilà déjà plus de trois semaines que vous êtes là. »

Gui avait grommelé en trempant une tartine dans le bol fumant.

Les consignes que nous avait données notre mère étaient claires : faire patienter le patron, mais ce dernier n'était pas homme à prendre en pitié deux mineurs. Au départ, ce jeu nous avait plu, notre mère nous avait dit que c'était un demi-mensonge, puisqu'elle était elle-même issue d'une noble famille polonaise. De l'aube jusqu'au soir, nous prenions le costume d'aristocrates, roulions les r, portions haut le menton et tentions maladroitement de cacher nos souliers usés jusqu'à la corde. Au bout d'une semaine, nous avions déchanté.

Mon frère semblait le plus atteint par l'ennui. Il traînait de plus en plus longuement au bar, et son haleine, au moment où il se couchait à côté de moi, était chargée d'alcool. L'instant d'après, il ronflait, tandis que je peinais à retrouver mes rêves. Les semaines s'écoulaient à la même cadence, et l'écriture de poèmes ne comblait pas toujours l'esprit tempétueux de mon frère. De mon côté, je passais toutes mes journées dehors, à lancer des cailloux.

Nous nous évadions souvent dans la forêt à côté du village : plus nous nous éloignions des gens, plus nous redevenions nous-mêmes. Dès le calvaire passé, nous perdions notre mauvais accent russe et déposions nos masques d'aristocrates, puis Gui se mettait à fredonner. La forêt rendait leur liberté à nos jambes, nous nous mettions à courir et étions à nouveau des enfants. Gui en profitait pour écrire ses vers, qu'il déclamait ensuite face aux arbres :

« Les arbres sont mes premiers lecteurs, ils ne me trahiront jamais ! »

Pensait-il aux futures trahisons de notre mère, quand il criait cela ?

Cet après-midi-là, notre expédition fut différente des autres jours. Dès notre arrivée à l'orée du bois, nous fîmes une découverte émouvante : un chien famélique se tenait sur le bord de la route et nous regardait. Il faisait si peine à voir que je cherchai dans les poches de mon sac un reste à lui donner. À chaque inspiration, sa cage thoracique accentuait la marque des côtes. Il devait avoir peur, car sa respiration était rapide, et quand Gui approcha doucement sa main, le chien partit dans la forêt aussi vite qu'il le pouvait, glapissant, la queue entre les jambes. Mon frère se tourna vers moi et haussa les mains en signe de dépit, et nous continuâmes notre chemin en silence, l'envie de courir venait de nous abandonner.

Au moment où nous allions quitter la route et nous engager dans la forêt, mon frère s'arrêta et écouta. De son bras gauche, il me barra le passage, quelque chose ou quelqu'un captait son attention. Il resta ainsi de longues minutes, je ne savais que faire et me dandinais d'un pied sur l'autre.

« J'ai cru entendre une présence, mais ce n'était que le vent dans les arbres.

– Peut-être le chien ? hasardai-je, encore saisi par la vision cadavérique de l'animal.

– Viens, ne tardons pas, il ne faudrait pas être en retard pour le souper. »

Gui emprunta un nouveau chemin : dans cette direction la forêt était plus clairsemée, la pinède laissait passer une lumière frappante ; nous continuâmes encore un peu, nous arrêtant quelques fois pour retrouver notre route. De nombreuses fois, je regardai en arrière, à la recherche du chien, si bien que je fonçai dans mon frère qui venait de s'immobiliser sans que je m'en rende compte.

« Il y a quelqu'un ? Tu as entendu, Albert ? »

Mais je n'avais rien entendu, ni avant d'entrer dans la forêt ni une fois à l'intérieur. Je continuai de chercher des yeux ce chien. Était-il un fantôme ? Où avait-il pu passer ? Je jouai un peu.

Quand je revins vers Gui, il dormait contre un chêne et des papillons voletaient autour de lui. Je le regardai, ses traits semblaient plus jeunes encore, apaisés. Quand il se réveilla, mon frère poussa un cri avant d'éclater de rire :

« Mais qu'est-ce que c'est que ça ? »

Il s'accroupit et scruta la couche qu'il venait de quitter. Curieux, je m'approchai et émis à mon tour un cri de surprise. À sa place, une colonie de minuscules champignons avait poussé en résistant au poids de mon frère et formant comme un matelas moelleux. Je passai ma main dessus, c'était doux et chaud à la fois. L'odeur qui s'en dégageait était envoûtante, très douce.

« Cette forêt abrite sans doute des fées. »

Mon frère était hilare et sortit un carnet, dans lequel il griffonna quelques vers, et à côté desquels il esquissa les branches d'un arbre sans tronc. Je m'en approchai, mais Gui referma ses notes d'un geste sec.

« C'est une ébauche, rien de joli. En revanche, cette histoire de nature me rappelle une anecdote que m'a racontée maman quand j'étais gamin. Notre mère est avare d'histoires, surtout quand il s'agit de revenir sur celle de notre famille, mais celle-ci est une des seules qu'elle s'autorise. Peut-être te l'a-t-elle déjà racontée ? »

J'adorais les histoires de Gui. C'était toujours un mélange de vérité et de légendes, et je ne savais jamais où commençait la fiction. Je m'assis en tailleur et arrachai un brin d'herbe que je mâchonnai entre mes dents. Un infime goût sucré envahit ma bouche. Gui commença son récit, et la forêt prit des teintes plus chaudes, il me sembla presque entendre le rire d'un lutin.

« En Pologne existe un mythe extrêmement puissant, celui de la déesse-mère, connue sous le nom de Mokosz. Avant la conversion de certains pays au christianisme, c'était la seule déesse véritablement vénérée. Dans mes souvenirs, maman racontait que les vieilles femmes de son village la priaient lors de chaque grande fête et la représentaient avec une large tête et d'immenses bras. J'ai toujours été dubitatif quand maman me racontait la puissance de cette déesse. Tu sais bien, Albert, à quel point notre mère peut être fantasque, donc je n'ai jamais cru à cette légende, mais je viens de rêver à cette déesse, et je peux t'assurer que ce soir je commence à croire à ces histoires de bonnes femmes. »

Je n'avais jamais vu Gui aussi emporté, et pourtant il l'était souvent, mais, là, un éclair inédit brillait dans ses iris, une sorte de feu. C'était très joli à voir, presque hypnotique.

« Tu m'écoutes, Albert ? Tu penses que je suis fou ? Écoute un peu ce que maman m'a raconté : autrefois, la nature régnait sur terre, les hommes faisaient attention à elle et la vénéraient. Elle était souvent représentée avec deux lions sur ses genoux, et incarnait la puissance androgyne : femme et homme à la fois. Elle pouvait engendrer seule et possédait une puissance infinie. Chaque printemps, pour réveiller la divinité, des personnes tapaient sur des tambours et partaient dans les bois la réveiller. »

Je regardais mon frère avec cette admiration sans bornes qu'éprouvent les cadets pour leur aîné. Il posa ses deux mains à plat sur l'écorce d'un chêne :

« Viens, réveillons la nature, nous aussi ! Chantons son hymne ! »

CHAPITRE 27

Le bois du parquet avait bu l'alcool, des traces plus foncées resteraient, vestiges d'une soirée d'abandon. Après quelques coups de balai pour effacer l'accident, je pris mon sac dans l'entrée, l'envie de partir me taraudait : du fond du verre remontaient des effluves de la veille qui me donnaient la nausée. Je ne pris même pas le temps de me laver ou de boire un café pour me réveiller. À ma montre, les aiguilles indiquaient qu'il était plus de midi, je glissai dans ma poche le carnet d'Albert et priai pour qu'un train parte rapidement vers Stavelot. La résolution de l'énigme se nichait dans ce village.

J'achetai un billet à la hâte au guichet automatique, remontai le quai en examinant les wagons d'un œil et rentrai dans le septième, dans lequel personne n'était monté. Je choisis un carré de places, j'aurais l'espace nécessaire pour éparpiller mes affaires et je pourrais profiter d'une vue plus dégagée. Le temps de tout sortir, le train fuyait déjà les grands complexes et laissait la campagne s'épanouir sous mes yeux : sur la vitre, mon visage changeait de couleurs en fonction des champs ou forêts traversés.

Même s'il était vide, le wagon était rempli de petits bruits, craquement des fauteuils, soufflerie mal réglée du chauffage, lumières qui crépitaient. L'une d'entre elles, qui clignotait de manière sporadique, attira mon regard. Je repensai à ces matinées de décembre où mon père m'avait appris le morse ; mais, dans ce train, personne ne m'envoyait de message, le clignotement se jouait de mes attentes. Parfois, la lumière s'emballait ; d'autres fois, elle ne s'éteignait plus. Quel sens à tout ça ? Et ce trajet ? Je préférai détacher mon regard de cette énigme pour continuer à lire le journal découvert hier soir, mais le contrecoup des excès de la veille me plongea dans une torpeur sans rêve.

À mon arrivée, la gare de Liège-Guillemins, dernière étape avant Stavelot, était, elle aussi, déserte. Sur un banc, un sans-abri dormait derrière une pancarte dont les lettres tracées au stylo noir criaient silencieusement la faim. Je tentai de déposer près de lui quelques pièces sans le réveiller, mais, au moment où j'allais retirer ma main, il l'attrapa puis me fit un clin d'œil : dans ses iris flottait la colère des jours mutiques.

« Tous les mots que j'avais à dire se sont changés en étoiles. »

La voix était rocailleuse, abîmée par les excès de la rue, mais la couleur de ses pupilles s'était embrasée quand il avait prononcé cette phrase. Je la connaissais, mais ne savais plus d'où. Je levai la main en signe d'au revoir, puis passai les portes coulissantes, qui se refermèrent derrière moi.

La fraîcheur d'une fin de journée m'accueillit : sur les hauteurs se détachaient deux édifices, l'un religieux et l'autre profane : la lumière accentuait la magnificence du dôme du Sacré-Cœur et, dans son ombre, la tour du Mémorial interallié, hommage aux victimes de la Première Guerre mondiale, ne s'en trouvait que plus grande. Face à moi, la terre dont j'avais rêvé toutes ces dernières nuits se matérialisait.

J'avisai les phares d'un taxi, m'en approchai, puis indiquai au chauffeur ma destination : les routes sombres devinrent des enfilades sans fin qui m'assoupirent le temps du voyage. Un soubresaut de la voiture me réveilla. Autour de moi, des rangées d'arbres surélevés dont les racines sortaient de terre. Dans la lumière des phares, elles ressemblaient à des tentacules. Le spectacle était grandiose, presque irréel. Après un virage, une pancarte me signala que j'étais arrivé à mon hôtel.

Dans mon dos, le bruit du moteur s'éloignait déjà, et avec lui la dernière source de lumière du village. Je gravis quelques marches du perron, puis tentai de pousser la porte d'entrée, mais celle-ci me résista.

Un bref regard alentour me fit comprendre que personne ne pourrait m'aider ; la rue était déserte. Seuls les yeux d'un chat brillaient dans la nuit, comme des étoiles tombées au sol. Aucune sonnette, aucun interphone. Je me décidai à frapper, mais personne ne vint. Le silence s'épaissit jusqu'à devenir angoissant. Terrifié à l'idée de rester dehors, je frappai plus fort, tout en me maudissant d'être parti si vite, sans faire de réservation : peut-être que tout était fermé durant la basse saison ? Je m'éloignai un peu de la bâtisse pour en faire le tour, à la recherche d'un quelconque signe de vie. Carré et sur deux étages, le bâtiment possédait à l'arrière un entresol orné de colonnes doriques. Le jardin semblait assez large et arboré, éclairé par le reflet d'une lune déformée à la surface d'un bassin. Je descendis et me retrouvai à déambuler dans le péristyle. Derrière les carreaux vacillait une lumière frêle, mais chaleureuse : des bougies. Autour, une ombre s'affairait. Je toquai timidement à la fenêtre, puis plus fort. La silhouette se leva et entrebâilla la porte-fenêtre. Le premier quartier de la lune me permit de distinguer les traits d'une jeune femme, coiffée à la garçonne, comme ces actrices des films muets des années 1920. Bizarrement, elle ne semblait pas surprise de me trouver là.

« Veuillez m'excuser, je ne vous ai pas appelée pour savoir si l'auberge était ouverte en ce moment. Je viens de faire quatre cents kilomètres, serait-il possible d'avoir une chambre ? »

Elle me fit monter et, derrière le comptoir de la réception, elle alluma une cigarette. Elle me fixa, tirant trois ou quatre bouffées avant d'ouvrir son registre. La pièce se chargea d'une brume légère. Je m'apprêtai à lui dire que c'était interdit de fumer dans un lieu public, mais je me ravisai. Je me contentai de lui adresser un maigre sourire : sur le cahier, toutes les chambres étaient libres, mais elle continuait de tourner les pages d'un air absent. N'y avait-il rien d'informatisé ici ? Arrivée à la fin de sa cigarette, elle poussa un soupir en écrasant le mégot, puis me donna un trousseau en cuir marqué du numéro 31.

« Vous me réglerez demain. Seulement en espèces », fut sa seule réponse avant d'allumer une nouvelle cigarette.

Les volutes autour d'elle accentuaient son air d'actrice de film muet.

Tandis que je montai à l'étage par les escaliers, je repensai à la rétrospective consacrée à cette actrice, Louise Brooks. Une autre Lou…

Le visage de la réceptionniste, qui était son portrait craché, s'éclipsa quand je découvris la décoration de ma chambre, assez chargée : sur le papier peint, des fleurs d'un rose très pâle, presque blanc, rappelaient les motifs de William Morris. L'entrelacs des feuilles me subjugua, je n'arrivais pas à distinguer où commençait la branche ni où elle se terminait, puis ma vue se brouilla : il était tard et je tombais de fatigue. Mon exploration attendrait le lendemain. Je me déshabillai, puis me glissai sous la couette sans prendre le temps de tirer les rideaux.

Un chatouillement me réveilla. J'ouvris les yeux, entendis la pluie marteler la fenêtre et tentai de regarder ma montre, mais je fus arrêté : au-dessus de moi se tenait quelqu'un. À ce moment-là, un éclair zébra le ciel et me permit de percevoir quelques secondes les contours de la personne : une masse sombre de cheveux, bouclés mais sans couleur distincte, et des bras nus dont la blancheur ressortait dans la pénombre. Ces formes ressemblaient à celles d'une femme, mais cela ne me rassura pas vraiment. Elle posa sa main sur ma bouche pour me faire taire, puis tira doucement la couverture qui séparait nos deux corps jusqu'à l'abandonner sur mes pieds. Le froid parcourut la longueur de mes jambes, tandis qu'un frisson remonta jusqu'à ma nuque.

Le sang battait crescendo dans mes oreilles, mais aucun cri ne sortit de ma bouche. Dans le ciel, les éclairs se multipliaient : parfois le corps au-dessus de moi ressemblait à Louise, parfois à la réceptionniste, parfois à une inconnue. Je ne pouvais pas détacher les yeux de ce corps qui s'agitait sur moi, quelque chose que je ne savais pas interpréter et qui m'ensorcelait. Lorsque la créature baissa la tête et caressa mon torse avec ses cheveux, mes yeux découvrirent ses jolis seins roses, et je ne pus qu'avaler ma salive.

Un nouvel éclair vrilla le ciel, j'entraperçus cette fois non pas une masse sombre de cheveux, mais une coupe très courte à la garçonne. Un nouvel éclair, et ce furent des cheveux sanglants. Elle me frôlait comme des herbes hautes au printemps. Le reste de mon corps ne m'obéissait plus, mes sens affolés cherchaient à comprendre cette vision. Les odeurs se mélangeaient, celle de l'amande remplaça la vanille qui elle-même se métamorphosa en effluves boisés. Je devais rêver.

Pourtant mon désir était bien réel, mon sang était une véritable fontaine ardente du bonheur, et quand mon sexe se retrouva enserré dans ce qui n'était plus une hallucination, je perdis toute raison et une grande folie me prit. Comment le désir, dans un rêve, pouvait-il être aussi fort ? Autour de moi, les lianes du papier peint entamèrent une danse, les feuilles bruissaient au même rythme que nos râles. Un nouvel éclair me permit de distinguer une femme recouverte de feuilles d'une éclatante ardeur. Ma dernière vision fut un bouquet de mimosa en fleur.

*

Au petit matin, quand je descendis prendre mon petit déjeuner, j'eus un mouvement d'arrêt : sur la table, dans un grand vase, il y avait ces mêmes fleurs jaunes. Une voix derrière moi s'éleva :

« Vous n'aimez pas le mimosa ? Vous y êtes allergique ? Je vous rassure, ce n'est pas la saison, le bouquet est en plastique. »

C'était la réceptionniste d'hier soir, avec sa coupe des Années Folles. Elle s'approcha du bouquet, l'ébouriffa et partit d'un grand rire :

« Vous voyez, c'est du faux ! »

Je baissai la tête, encore ému à la pensée de mon hallucination nocturne, et regardai ma montre : il était très tôt. À quelle heure ouvrait le musée Apollinaire du village ? Sur le comptoir, je pris un des dépliants et vis que j'avais encore deux heures devant moi. Sur la première page, figuraient quelques vers de *Cortège* :

Un jour
Un jour je m'attendais moi-même
Je me disais Guillaume il est temps que tu viennes
Pour que je sache enfin celui-là que je suis

« Celui-là que je suis » : durant ces quelques mois, j'étais parti à la découverte d'un inconnu, je m'étais gorgé de la vie de Guillaume, j'avais flâné dans les mêmes endroits que lui, lu et appris qui il avait été. Dans les blancs entre les vers, j'avais mis mes souffles. Ma Lou aussi était partie, et après son départ était revenu le cortège de mes fantômes, de mes absents. Ma mère, mon père, ces deux inconnus sur lesquels je n'avais pu me construire. Découvrir la vie énigmatique du poète, ses manques et ses troubles qu'il avait mis sur papier, m'avait permis de me connaître, moi, de comprendre les béances qui avaient été les miennes. Je commençais à percevoir quelles cicatrices je pouvais combler. Gui avait bien transmué les siennes en or grâce à la poésie.

En attendant l'ouverture du musée, je décidai de me balader aux alentours du village. Sur la droite, un panneau indiquait un chemin de randonnée que m'avait conseillé un client de l'auberge :

« Si vous ne connaissez pas le coin, je vous conseille de vous balader sur le chemin qu'on nomme "la croix des Fiancés".

– Quel nom !

– Oui, il s'agit d'une sombre histoire qui s'est déroulée en 1871. Deux fiancés, Marie et François, partent chercher, dans la vallée voisine, les papiers pour leur prochain mariage, il faut qu'ils passent par la Fagne et ils empruntent un raccourci que personne ne prend habituellement, mais François connaît bien les lieux. Malheureusement, la neige les perd et la nuit les prend.

Le lendemain, ils ne reviennent pas. On organise une battue, tous les chiens les cherchent, mais ils aboient dans le vide et les fiancés restent introuvables. On n'a récupéré les corps qu'à la fonte des neiges, deux mois après. Le froid les avait conservés. Les plus vieux du village racontent toujours la légende qu'ils ont entendue gamins : le teint de Marie était toujours aussi pur qu'avant et, entre ses seins, se nichait un papier :

Marie vient de mourir, et moi je vais le faire.

François s'est donné la mort près d'elle. Son corps fut découvert à quelques mètres de là, des bêtes l'avaient déchiqueté. »

L'homme avait bu une gorgée de son café, fait une grimace avant de mettre un sucre dans la tasse. Derrière lui, le soleil entrait timidement par la verrière.

« La balade vaut vraiment le détour. Vous verrez la nouvelle croix. Enfin, nouvelle : depuis 1906, elle rend hommage à Marie et François, les fiancés de l'Ardenne. »

J'avais terminé ma tartine, j'avais salué cet homme et j'étais sorti.

*

Cette histoire de papier me rappelait celle d'une autre Marie : la peintre amoureuse d'Apollinaire, Marie Laurencin. Son dernier souhait avait été d'être enterrée avec les lettres du poète. Sur son corps, les plis de son corsage contenaient eux aussi un amour éternel.

Une nouvelle fois, je fis confiance aux coïncidences et décidai de m'engager vers ce chemin de randonnée qui débutait par une arche feuillue. Mon sac à dos ne contenait presque rien : une bouteille d'eau, un paquet de gâteaux, le journal d'Albert, le morceau de bois rapporté du Père-Lachaise, la carte du chemin de randonnée, et mes espérances : le poids était lourd sur mes épaules. Je rajustai les bretelles et poursuivis ma route.

Le paysage montrait ses cicatrices au ciel blanc et nu, de part et d'autre s'élevaient des monticules recouverts d'herbes, dont le vert se laissait entrevoir par endroits. Les obus avaient creusé de grands trous que le temps avait maquillés en cuvettes aplanies, des petits lacs miroitants. Les arbres tordus et calcinés par la guerre avaient servi de terreau à d'autres, plus forts et droits ; les résineux étendaient leurs corps étroits et frêles à perte de vue ; d'autres arbres que je n'arrivai pas à identifier avaient le tronc recouvert de lierre.

Des images de la nuit dernière surgirent, je fermai les yeux pour écouter les bruits de la nature, mais le souvenir nocturne s'étala comme une tache d'encre soyeuse, et le corps laiteux revint me hanter. Il portait les mêmes effluves que la sève de cette forêt. À quelques mètres, j'entendis les chuchotis d'une langue inconnue.

Quand je rouvris les yeux, une petite fille se tenait devant moi. Sur notre silence surpris se posa le maigre chant du vent. Il semait, autour et sur nous, de minuscules flocons qui s'évanouissaient dès notre épiderme touché. Au milieu de ce tableau sans vie, les cheveux noirs de la fillette bougeaient imperceptiblement. Une mèche effleura sa joue et remonta jusqu'à son œil, dont l'iris était si sombre qu'il semblait cerclé de bleu. L'enfant continuait de me fixer, et je ne savais pas comment interpréter son regard, mais je savais que je n'en avais jamais vu d'aussi profond : les yeux d'une âme antique. Je voulus ouvrir la bouche, mais ce fut l'enfant qui parla en premier :

« Que faites-vous ici ? »

C'était plutôt à moi de poser cette question. Que faisait une fillette de dix ans à peine dans ce champ à l'écart de tout ? Je n'arrivais pas à quitter ses yeux, dont les iris contenaient le chant du monde. Comme je tardais à répondre, elle se désintéressa de moi et commença à tracer, avec un bâton gigantesque pour sa taille, des cercles au sol. Je m'approchai d'elle. De loin, j'avais pensé à un système solaire, mais de près, je m'aperçus que les sphères changeaient de couleur. Comment diable était-ce possible ? Le blanc bleuté de la neige se métamorphosait en vert, puis en marron, et sa texture aérienne devenait aussi compacte et brillante qu'une pierre.

« Comment fais-tu ça ? »

La fillette poursuivit sans m'entendre. Je restai ainsi, subjugué par ses dessins. Soudain, elle se redressa.

« Vous avez entendu ?

– Entendu quoi ? »

Il n'y avait que le vent glacial qui sifflait. Je tendis l'oreille, et entendis alors le chant d'un rossignol, mais mes sens me jouaient des tours, il était impossible qu'il chante en plein hiver.

« J'entends un oiseau », répondis-je tout de même.

J'avais enfin l'attention de la fillette, je devais la garder.

« Oui, c'est bien ça, c'est le signal. Ma mère m'appelle.

– Ta mère ? »

La petite avait déjà bondi sur ses deux pieds et s'était mise à courir. Au loin, le tonnerre roula entre les deux vallées, j'accélérai ma course, il me fallait la suivre, interroger sa mère, comprendre ce qu'elle faisait dans cette prairie toute seule, mais quand j'arrivai à la rivière en contrebas, la fillette avait disparu. Un craquement dans un arbre me fit lever la tête ; entre ses feuilles déshabillées par le froid émergea une tache blanche, des ailes d'oiseau. Il les replia, puis, impassible, me fixa de ses prunelles sombres.

Elles étaient du même noir que les corbeaux qui piétinaient quelques heures plus tôt le sol de la cour de l'hôtel, un noir de jais. Ce n'était pas un corbeau albinos, il était bien plus grand, sa taille approchait celle d'un aigle. Son bec sombre contrastait avec la pâleur des plumes, il s'ouvrait et se refermait sans faire de bruit. Soudain, l'oiseau contracta ses serres autour du bois, puis prit son envol. Je n'avais jamais vu de corbeau blanc, le spectacle était saisissant. L'instant d'après, il n'était déjà plus qu'un point se détachant à l'horizon. Je repris ma route, l'eau roulait sur les pierres aussi fort que le tonnerre entre les deux vallées.

CHAPITRE 28

En bas de mon immeuble, une odeur de fleurs m'accueillit. La blancheur des pétales était telle qu'elle se distinguait même dans la pénombre. Les fleurs ressemblaient à des lanternes flottantes sur un lac. Leur parfum capiteux m'accompagna jusqu'à ma porte.

Je revenais triste de Stavelot. Le sourire de Louise ne m'attendait pas. Le silence dans l'appartement m'étouffa. Pour me changer les idées, j'entrai dans le bureau, et j'y retrouvai l'obsession de ces derniers mois. Au mur, il y avait toujours cette carte de Paris, sur laquelle chaque punaise indiquait un endroit aimé d'Apollinaire. Sur la droite une photographie de cerf me regardait de ses yeux noirs et me rappelait une fameuse virée en bus. Les portraits des différentes muses du poète tapissaient le reste du mur.

Je me retournai. Sur l'autre mur était habituellement accroché un portrait de Louise, ma Louise. Mais où était-il passé ? À la place, il y avait une dizaine de cadres qui représentaient des empreintes d'arbres imprimées de différentes couleurs. De loin cela formait un tapis mural joyeux, de près c'étaient des labyrinthes dans lesquels j'eus envie de me perdre. Les cernes de ces arbres étaient uniques : en chacun, le dessin représentait une sorte d'identité. Je pouvais y lire sa croissance, le soleil d'une année, les blessures infligées, les produits chimiques absorbés, les explosions en temps de guerre. Je passai ma main sur l'encre des dessins, véritable album photo de la vie d'un arbre : certains avaient des formes circulaires bien définies, d'autres ressemblaient davantage à des fractales, d'autres encore possédaient deux cercles séparés, comme des destins siamois qui ne se seraient jamais croisés, vies parallèles contenues dans un seul tronc. Je m'assis et contemplai le spectacle jusqu'à ce qu'un miaulement de Tirésias me ramène à la réalité. Son ventre avait parlé.

Le chat me suivit jusqu'à la cuisine. En m'approchant de son bol, je me rendis compte que celui-ci était plein. Je changeai tout de même son eau.

« Tirésias, tu abuses ! Tu as à manger ! »

Mais en me retournant, je m'aperçus que j'avais parlé dans le vide : j'étais seul dans la cuisine. Où était passé le chat ?

Je m'installai dans le canapé du salon. La mélancolie ne me lâchait pas. Il me semblait qu'à Stavelot j'avais été proche de découvrir quelque chose, mais sans réussir à mettre le doigt dessus. D'où j'étais, mes plantes vertes paraissaient immenses et m'enveloppaient de leur feuillage. Comment avaient-elles pu pousser autant ? Je n'étais parti que deux jours. Je tendis la main vers elles, il me sembla que les tiges ondulaient. Ma respiration se fit plus courte, saccadée, mes battements de cœur plus rapides, presque syncopés. C'est à ce moment-là que mes yeux tombèrent sur le morceau de bois qui traînait au sol : il avait dû tomber de mon sac, au moment où j'avais rangé mes affaires. Je le pris et étudiai ses cernes. De quelle figure géométrique se rapprochait ma coupe ? Étonnamment, je ne m'étais jamais demandé de quelle espèce d'arbre elle venait.

Ce soir, le morceau me sembla encore différent. Il était toujours lisse, mais, en l'approchant de mon visage, je découvris des sillons fins et réguliers : ils ressemblaient à s'y méprendre à ceux d'un vinyle. Alors je compris et sortis ma perceuse. Jamais je n'avais été si proche du but.

Je m'appliquai et poussai la mèche dans le bois. De la poussière en sortit et une odeur d'amandes effleura mes narines. Je souris : au milieu du rond, j'avais percé un trou.

Plus rien ne m'arrêtait. J'allumai ma platine, mis le volume à fond, puis y plaçai l'objet transformé qui s'y inséra et tourna comme par magie.

Les lumières autour de moi crépitèrent un peu, les tiges ondulèrent davantage, Tirésias sortit de sa cachette et vint s'asseoir à côté de moi. Son miaulement rauque fut accompagné par le grincement du saphir sur le bois. Au début, rien ne se produisit. Je retins mon souffle face à ce disque qui tournait lentement, de façon hypnotique, puis je l'entendis.

Je dus tendre l'oreille, c'étaient des chuchotis ; puis je saisis quelque chose. La queue de Tirésias s'arrêta de bouger. Dans mon salon, une voix s'éleva et emplit toute la pièce. C'était celle d'une femme, une voix profonde, grave, presque alto, avec un petit accent indéfinissable qui me berça.

Je restai debout, interdit, puis un désir lointain, inconnu, monta en moi. Je commençai à tourner, tourner, tourner. J'étais ce disque. D'abord je tournai lentement, puis l'ivresse me prit. Chaque tour en entraînait un autre, puis un autre, et m'emmenait un peu plus vers une nouvelle réalité. La voix suave et ensorcelante me raconta la plus vieille des histoires du monde.

CHAPITRE 29

Gaia

Les hommes me nomment de plusieurs noms, mais mon préféré reste Gaia. J'ai souvent reçu en sacrifice des animaux au pelage clair, des brebis immolées que je me voyais offrir en tant que gardienne du serment inviolable. De cette période bénie, je ne conserve que de lointains souvenirs nimbés de brume. Il est rare qu'on se souvienne des jours heureux, de cette bénédiction qu'on pourrait croire éternelle, alors qu'elle ne dure qu'une demi-vie.

Aujourd'hui, cette époque est révolue, mais je prendrai le temps de raconter ce qui fut, car nul ne peut se saisir de son avenir sans dérouler le tapis du passé.

Je naquis après le Chaos : l'univers est un monde où doit régner un équilibre, même précaire. Sœur de ce monstre sans visage, j'étais son opposé, son ennemie. Je demeurai sur une autre rive que lui, et nous nous faisions face. Notre fascination n'avait d'égale que notre répulsion, et nous nous attirions comme deux aimants qui se repoussent. Certains soirs, quand la solitude s'immisçait dans mes souffles, que ceux-ci devenaient courts de tristesse et de désarroi, je tentai de faire la paix avec mon frère, de lui montrer les atours que nous aurions pu créer ensemble. Mais il resta sourd à mes appels, se contentant de gémir de tous ses abysses.

À cette époque, je compris qu'on ne change jamais la nature d'un être, il peut parfois sortir de ses sentiers, mais, très vite, il retourne vers ce qu'il connaît. Les variantes demeurent éphémères, donc mensongères ; la vérité, elle, se polit avec le temps, elle a besoin d'espace pour grandir et s'ancrer dans la réalité. Le Chaos reviendrait un jour à ses origines ; de lui, je ne pouvais rien tirer. Pourquoi mener une bataille si la guerre était perdue d'avance ?

Je restai dans cette solitude, dont je connaissais l'état sans savoir quel nom lui donner : sans mère ni père, j'étais une orpheline qui se suffisait à elle-même. J'appris que la confiance devait croître en moi, que j'étais la matrice de toutes choses. Si l'alliance ne venait pas de mes ancêtres, il fallait que je la crée moi-même. Seule.

Je coupai la branche, et tournai le dos au Chaos. Je m'épanouis, et, grâce à mes larges flancs, je devins cette assise sûre, à jamais dévouée : une terre d'accueil dont le travail s'esquissait.

Loin de me reposer, et le corps encore empli de l'innocence de ma naissance, j'engendrai Ouranos. Sans compagnon ni semence. Ce fils, que plus tard on appela le Ciel, me protégea, car je le fis égal à moi-même. Refuge des dieux à venir, il me couvrit tout entière et me permit de continuer l'enfantement.

J'accouchai des montagnes, dont les flancs recueilleraient les nymphes aux douces formes ; la mer aux vagues furieuses vint ensuite. J'aurais sans doute dû m'arrêter là, ou le faire seule, mais du Chaos et de l'Éther sortit Éros. L'univers comprit que rien ne pouvait naître sans amour : le Ciel, qui m'enveloppait jour et nuit, fit tomber une pluie fertile qui s'immisça sur moi, puis en moi. Elle ruissela, trouva mes fissures et mes brèches les plus secrètes, me nourrit tout entière, et grâce à elle j'enfantai les Titans. Ce fut une nuée continue : Ouranos était infatigable, il m'abreuva et remplit mes creux pour les transformer en mares, lacs, étangs, rivières, fleuves et océans.

J'étais une mère insatiable, une vie en appelait une autre. Mais très rapidement, le Ciel Ouranos devint jaloux, une sorte d'ire incontrôlable, dont je ne savais démêler la cause. Incapable de se réjouir de toutes ces naissances, il enfonçait nos enfants dans mes profondeurs ; ils y erraient, inconscients de la lumière qui couronnait la surface. Lasse sans être résignée, je dus ruser et offris, au plus terrible et au plus fourbe de mes enfants, une faucille en pierre. Les autres craignaient le courroux de leur père, inhabiles à discerner la vérité dans leur antre caverneux.

Le même soir, la nuit arriva, pareille aux autres, et avec elle les pas lourds d'Ouranos, dont les bras ivres de désir se tendaient vers moi. Partagée entre l'ardeur de m'unir à lui et celle de libérer mes enfants, je souris faussement et m'ouvris à lui en une simple mais puissante pulsion cosmique. C'était chaque fois un fardeau similaire, Ouranos m'enveloppait entière sans comprendre que sous mes gémissements se nichait ma détresse. Mais les choses tournent toujours, et cette nuit-là fut différente des autres.

Écrasée sous son poids, je ne le regardai pas, fascinée par un point lumineux qui brillait derrière lui. Celui-ci s'abattit sur son entrejambe, je fermai enfin les yeux, incapable de savoir si mon choix avait été le bon. Un cri affreux, teinté d'incompréhension, de colère et d'hébétude me remplit. Par trois fois le hurlement retentit. Le troisième coup fut le dernier. Mon fils Cronos venait de couper son père de sa mère, et m'avait libérée.

Le souffle court, je lui enlevai son arme. Un instant, nous nous regardâmes, tétanisés par le détachement irréversible que nous venions de produire. Le Ciel, Ouranos et Gaia, la Terre, inéluctablement disjoints. La tête nous tournait un peu, préoccupés et ivres de cette situation inédite, nous ne vîmes pas que de cette rupture avait jailli l'ultime semence d'Ouranos : mon corps était parsemé de son sang. De ses larmes carmin naîtraient les Géants, dont je ne savais pas encore qu'ils seraient bien plus tard mes derniers alliés.

Cette nuit-là, pour la première fois, Cronos et moi nous prîmes dans nos bras. Derrière lui se tenaient tous mes autres enfants : j'aperçus enfin des visages aimés, aimants, dont le nez rappelait parfois celui de leur père, parfois le mien. Les pleurs qui suivirent avaient une couleur étrange, teintée de la joie de les connaître et de celle d'avoir été délivrée de mon compagnon.

Quand le soleil daigna laisser les fantômes de nos ténèbres dans l'obscurité, je profitai pleinement d'eux, je les observai toute la journée, muette de bonheur, et tandis que l'or de la lumière tombait sur moi je les regardais toujours, fière du travail accompli, car, ensemble, nous avions fait éclore la vie.

La période qui s'ouvrit fut la plus belle de mon existence.

Grâce à cette séparation, l'espace entre Ouranos et moi put se remplir de nombreuses formes de vie. Nous vivions heureux, chaque journée apportait une nouvelle couleur à l'arc-en-ciel. Mes enfants rivalisaient d'ingéniosité et faisaient ma fierté de mère. Le silence des premiers temps avait laissé place à la turbulence et aux bruits de ces nouvelles divinités que plus tard on appellerait les Titans. Il était rare que mes yeux se portent vers Ouranos, mais parfois je me plaisais à penser que les étoiles dans le ciel brillaient un peu pour moi.

Mais la liesse ne dura qu'un temps. Un soir où nous jouions à cache-cache, un arbuste bruissa : le vent m'apportait de tristes nouvelles. Une autre guerre aurait lieu, au cours de laquelle les générations des dieux s'affronteraient de nouveau. L'histoire se répéterait, d'autres protagonistes destitueraient ce qui avait été établi. D'un gémissement, je fis taire la bourrasque et me contentai pour le moment de regarder mes enfants, si frêles encore, depuis ma cachette. Certains me cherchaient, d'autres formaient une ronde : comment pouvaient-ils engendrer une nouvelle guerre ?

Mais certains de leurs gestes me revinrent en mémoire et prirent toute leur mesure : l'éclat des yeux de Cronos, quand il abattit la serpe sur son père, était aussi brillant et ferme que l'acier. Malgré mon cœur de mère aimante, je compris que mes enfants avaient en eux un peu du sang de mon frère Chaos, que je ne pouvais m'opposer à ma lignée, qu'en eux vibrait cette corde prompte à rompre les liens, qu'une colère dormait dans leurs paumes, mais se réveillerait. Appâtés par le profit et le pouvoir, ils grandiraient, oublieraient leur désir premier et tourneraient le dos à cette grâce qui fut un jour la leur, pour des splendeurs éphémères. Eux aussi seraient gagnés par la soif du pouvoir, eux aussi régneraient.

Le temps du désordre n'était pas encore venu, et je préférai profiter de cette béatitude que mes enfants me donnaient. Je tournai le dos au vent, plus tempétueux que jamais, et pris le parti de n'écouter que mon cœur de mère. Moi non plus, personne ne pouvait changer mon caractère. Des guerres eurent en effet lieu, toujours plus violentes et sanguinaires. La dernière scella les autres.

Je souhaite me souvenir de notre union. Il manquait alors la dernière couleur de l'arc-en-ciel : le violet qui ne se distingue que certains soirs de pluie. Cette teinte colorait les flaques dans lesquelles mes enfants et leurs descendants sautaient à pieds joints. Prométhée jouait à l'écart du groupe et entre ses doigts coulait de la glaise qu'il malaxait depuis des heures. Je m'approchai de lui et m'accroupis, nos sourires portaient la même malice. Je l'aidai à modeler sa forme, à allonger les jambes, à courber les épaules de la plus jolie des façons. Il ajouta des yeux, des cheveux, une bouche, des oreilles. Enfin, seulement, il reposa la figurine à terre.

En la regardant, il comprit qu'il manquait encore le principal. Il appela son frère Épiméthée, un peu plus loin, en bas du ruisseau. Son frère avait modelé des animaux et avait pioché dans un sac différents attributs : de longues griffes pour les lions, des plumes pour les oiseaux, des écailles pour les poissons et de grandes défenses pour les éléphants. Dans les mains de Prométhée, la poupée était inerte, vouée à être écrasée et redevenir de la glaise, le temps pressait.

« Apporte-moi le sac, Épi ! J'en ai besoin ! grogna Prométhée, soucieux de terminer son œuvre.

– Le sac ? Mais il est vide ! Pourquoi le veux-tu ? »

À ce moment-là, le regard du Titan parla pour lui. L'instant dura des millénaires, moi-même je n'osais plus bouger, puis de ses lèvres sortit un souffle sacré. Il avait cette couleur nacrée des coquillages sur la plage ; Prométhée offrait à sa poupée un don divin, donc interdit : l'intelligence. Le spectacle était merveilleux. Une nouvelle vie venait de voir le jour, plus petite que nous, mais aussi belle à regarder : les hommes étaient nés.

*

Curieux de nos rires, les autres se rapprochèrent, et la plus sagace d'entre eux arracha un de ses cheveux dorés. La lumière du soir accentuait ses éclats. Elle l'approcha de cet être minuscule et, au contact de la glaise devenue peau, le cheveu changea de teintes avant de se métamorphoser : le corps l'absorba et acquit l'intelligence des choses et des êtres. Ses yeux, jusque-là ternes et opaques, laissèrent passer la lumière, j'y distinguai même un éclair.

Tous voulurent participer, leur générosité encore enfantine les poussant à offrir le meilleur d'eux. Entre mes doigts collaient quelques morceaux de glaise, j'en donnai un peu à chacun et, à leur tour, ils modelèrent des êtres à leur image.

C'était une fête dont les rires montèrent jusqu'à Ouranos, qui pour une fois tonna de plaisir et fit couler une pluie salvatrice. L'harmonie autour de cet être humain était parfaite.

CHAPITRE 30

Gaia

Durant la période de l'âge d'or, l'air ardent portait le rire des hommes jusqu'à moi ; j'étais leur géante aux pieds d'airain, et ils me bénissaient chaque jour d'offrandes aussi riches que variées. Grâce au vent, les arbres me chuchotaient leurs messages, leur mélodie était constante, suave, charnelle et dansante ; la nuit, les branches ne cessaient de craquer sous le poids de leur mélopée rassurante. Je m'endormais rassurée, sur mes fines lèvres se dessinait le sceau de l'harmonie. Les dieux et les hommes faisaient partie d'un tout indistinct : quand la souffrance accablait les derniers, ils venaient s'allonger sous les branches et attendaient, confiants et conscients du savoir millénaire semé par le vent dans les branches. Une fois apaisés et guéris, ils repartaient. C'était à cet endroit que je délivrais mes oracles, sous de grands chênes, près d'une fissure du sol. Cronos lui-même venait y découvrir l'avenir.

Mais un jour, cela cessa. Les hommes se détournèrent de ma puissance. Au début, je ne le compris pas : depuis toujours, j'étais la déesse, crainte et honorée en même temps. Il suffisait que je fasse trembler la terre pour que les hommes reviennent vers moi, mais j'agissais comme ces êtres qui brandissent un couperet pour que continuent leurs honneurs. De décennie en décennie, il y eut moins d'offrandes, moins de chants. La nuit, les feuilles chuchotaient des hymnes anciens, mais ce n'étaient plus que de vieilles ritournelles à la tonalité grisée par le temps. L'amour des hommes s'étiola, ils connurent d'autres dieux et les fêtèrent aussi merveilleusement que moi. Ils honoraient mes descendants avec le même amour qu'ils m'octroyaient autrefois. Mon cœur de mère fut partagé : l'ingratitude avait gagné les miens, des guerres intestines avaient scié nos attaches ; j'avais moi-même fomenté un plan pour les renverser, mais derrière ma colère se nichait le secret espoir d'un retour à la raison. En vain. Mes petits-enfants me supplantèrent avec douceur.

Cela se passa lors d'une nuit blanche. Dans le ciel, les nuages qui volaient à contre-courant annoncèrent ma débâcle. Les rayons de la lune donnaient aux arbres une teinte blafarde. Je sus qu'il me fallait partir. Sur le chemin de ma ruine sifflaient des serpents, tandis que l'eau dans le torrent s'était tue. Je gardai longtemps, dans la tiédeur de mon sein, la promesse d'un éventuel retour. Abandonnée par mes enfants et mes petits-enfants, dont le cœur vibrait sur une autre partition, je me réfugiai à l'écart, sur les hauteurs, sous les amandiers qui m'offrirent leurs bras lourds et leurs fruits hivernaux. J'y passai quelques décennies ou siècles, le temps m'importe peu : quelques hommes venaient à ma rencontre pour me vénérer, les plus valeureux montaient encore jusqu'à moi. Je les épiais de loin, ils se tenaient debout, près des failles desquelles s'élève le chant sacré. Jamais ils n'étaient plus proches de la vérité qu'à cet instant où ils devenaient funambules sur les crêtes. Ils ne le surent jamais : de ma bouche ne sortit aucun son ; ma naissance m'avait faite muette pour les hommes, les seuls qui m'entendaient étaient les dieux, mes enfants. J'étais née mère et je le resterais. Mais, comme toujours, la roue tourne, et un jour l'exil aux pieds lourds arriva et emporta aussi mes descendants.

Les hommes se lassèrent de la multiplicité des dieux, nous étions trop nombreux, trop différents, trop cruels, et de milliers nous passâmes à un seul. Je consolai mes enfants, comme sait le faire une mère : je passai mes doigts dans leurs cheveux, en murmurant que tout irait bien. Mais dans mes entrailles la nuit s'était déjà invitée, et l'ancienne colère qui avait été la mienne transparaissait encore dans le bleu de mes veines.

Avant notre départ, je cousus dans les pans de ma robe les dernières fêtes, les dernières ivresses, ces soirs où, allongée près de la rivière, j'écoutais notre volupté. Personne n'est jamais prêt à quitter l'euphorie, ces instants bénis où l'éphémère côtoie l'éternité. Sous le poids du bonheur passé, les coutures de ma robe enflèrent, prêtes à éclater. Quand mes larmes tombèrent le long de chacune, elles prirent des teintes irisées et formèrent des centaines de minuscules arcs-en-ciel sur le tissu. D'un revers de main, je les essuyai.

L'instant n'était pas à la mélancolie, mais au départ. Il nous fallait quitter les lieux, aller encore plus loin, nous retrancher dans les endroits reculés et connus de personne : nous n'étions plus les bienvenus parmi les hommes. Du doigt, je montrai aux dieux le pont que nous devions traverser. Il possédait la même courbe que la bouche du silence.

*

Un nouveau monde était né, le nôtre était encore à créer. Mes enfants, qui autrefois avaient été honorés, suivirent le même chemin que moi et devinrent invisibles. Nous trouvâmes place au cœur d'une forêt ancienne, je dépliai ma robe sur laquelle nous tînmes tous. Il suffisait de toucher un des pans pour que tinte le souvenir d'une gloire éteinte. Sans les offrandes des hommes, nos corps avaient l'allure de fruits secs. Cela s'accentua quand vint l'hiver, lorsque les oiseaux cessèrent leur chant : pour tromper le silence, ma voix s'élevait chaque soir scandant une ritournelle ancienne jusqu'à ce que j'entende les respirations longues et profondes de mes enfants endormis.

Un soir, je pris encore le temps de me faire une natte, afin d'être certaine qu'ils dormaient tous, puis me dirigeai vers la cascade en contrebas de notre refuge. Je dus me faire violence pour entrer dans l'eau, car elle était aussi glaciale que le cœur des hommes. Ce baptême aurait dû m'apaiser, mais même l'eau ne put évacuer ma rage. Grondait en moi la colère d'une mère qui voit ses enfants exclus et apatrides, et ce sang maternel prêt à gicler sur ces êtres qui s'étaient détournés d'eux. Ma bouche s'emplit d'un goût de métal, et une irrépressible envie de vengeance monta en moi, sourde et sans appel, la gorge en étau, prompte à hurler et à les dévaster. Nous leur avions donné la vie, nous pouvions la leur reprendre. Des visions atroces surgirent, sans doute venues de mon frère Chaos. Il lapait mes boucles de cheveux, se tenait derrière moi et me chuchotait des paroles d'un calme criminel. Incendies, sécheresses, tsunamis, et tremblements de terre. Il me suffisait d'un geste pour les déclencher. Mais, dans le creux de mes reins, vrombit le rythme de mes enfantements et, entre la fente de mes seins, coulèrent les rivières de rires de mes enfants.

« Assez ! »

Les feuilles bruissèrent en même temps que mon cri. Le Chaos reprit ses ombres et ses gouffres, et me laissa seule. De mes cils et mes joues tombèrent quelques larmes qui grossirent le cours du fleuve. Il me fallait revenir vers mes enfants, les entourer de mes bras. Derrière moi, le bruit de l'eau s'était calmé. Je me retournai et découvris un spectacle saisissant : à la place de la cascade, un mur de pierres s'élevait, l'onde s'était métamorphosée et avait fait taire toute vie en elle. Était-ce mon destin ? Ma hargne se répandrait-elle, elle aussi, sur mes proches ? Allais-je tout corrompre ?

Sur le chemin du retour, mes yeux prirent la même teinte que les rayons de la lune, cette couleur opaque que j'avais vue chez les aveugles qui racontaient les vieilles légendes. Mais je réussis à les garder ouverts sur le monde et la folie des hommes. Arrivée près des miens, je pris la même position qu'eux, puis je m'endormis, m'enfouissant dans le silence des branches. Nos forces diminuèrent, mes réveils se firent rares. Parfois, certains dieux manquaient, partis pour d'autres terres ; d'autres revenaient, mais, à chaque migration des oiseaux, nous étions de moins en moins nombreux. Nous devînmes des histoires bonnes à effrayer les enfants peu sages, des dieux d'autrefois dont on raconte l'infortune. Gaia n'était plus, ses enfants non plus.

Le nouveau dieu accomplissait ses tâches seul. Il avait choisi de révéler sa puissance par l'intermédiaire de son fils. Doué de paroles et incarné, il était écouté et aimé des hommes. Longtemps, je jalousai ce don de communication. Mais tout divin et omnipotent qu'il fût, il ne put combler toutes les facettes de son royaume.

Comment réussir seul, quand nous étions des milliers ? Les hommes l'accaparèrent, ils avaient soif de lui, de sa présence. Il lui fallut ouvrir de nouvelles voies, asseoir son aura sur de nouveaux fondements. Sans doute dut-il effectuer des choix, sans prendre soin de ce qui fleurissait déjà ?

La nature fut oubliée, reléguée au rang des richesses acquises. Jadis essentielle, la Nature devint un instrument que les hommes sculptaient, métamorphosaient et pillaient, un accessoire destiné à agrémenter et à orner leur vie. On viola les forêts sans état d'âme, on abattit des arbres sans hommages ni prières, on tordit leurs branches épineuses pour ceindre les condamnés à mort sur les croix.

Le paroxysme advint avec le Déluge. Un jour, ce dieu unique décida que les hommes, et la terre sur laquelle ils vivaient, étaient corrompus, qu'il fallait les détruire. Mesure radicale où la Terre, pauvre taiseuse que j'étais, subirait le même sort que ses hôtes. Je ne dis rien. Je connaissais ma force, je savais que je me relèverais. Je m'enquis des animaux et m'aperçus que chaque espèce animale avait sa place dans l'arche dont les arceaux avaient été taillés dans nos cernes. Sur la coque, je distinguais les années de croissance qui donnaient au bois tout son relief, mais personne ne prenait plus la peine de regarder sa richesse. Nature oubliée, tailladée et bafouée, seulement bonne à transporter en son sein des hommes ignares de l'abondance dont ils se nourrissaient.

*

Durant le Déluge, les flots m'ouvrirent leurs bras, auxquels je m'accrochai, dérivant lentement au gré de leurs mouvements. Une fois coupée de tout et des miens, je plongeai dans une réflexion plus profonde, sans bornes, à l'image de l'horizon qui se mêlait au ciel. L'espoir naquit à nouveau, comme le mirage d'un phare au milieu de cette étendue d'eau. L'honneur qu'on m'avait prodigué, de mon cœur jusqu'à mes chevilles, ne pouvait s'éteindre de la sorte. Les sirènes m'enhardirent un peu plus quand elles me racontèrent le désenchantement des hommes sur l'arche : dans leur huis clos nautique, ils imploraient la terre ferme. J'eus pitié d'eux.

Je rassemblai mes dernières forces, celles que les mères gardent pour les instants suprêmes, et parlai aux flots pour qu'ils se retirent. Le lendemain, autour du bec d'une colombe, s'entortillait l'ultime espoir pour l'arche : un rameau d'olivier flamboyant. Leur liesse fut la mienne, mais ne dura que quelque temps. Les promesses ne résistent que le temps du ressac, car, une fois sur terre, les hommes oublièrent de nouveau leur parole.

Les nuages dans le ciel étaient encore teintés de pluie, quand le point de non-retour sonna pour moi. Mon esprit, si longtemps meurtri, se désincarna et fut emporté par le vent du nord. Je me débarrassai des sentiments, si propices à la tristesse ; restèrent les sensations portées non pas par le temps, mais par la grâce de l'instant. Éphémères, elles me garderaient loin de la nostalgie. Aux yeux des hommes, seul subsista mon corps, assise bienheureuse mais vaisseau fantôme dont le capitaine avait été vaincu.

CHAPITRE 31

Gaia

L'espoir m'avait quittée, mes enfants aussi. Comment parler de ces journées où aucune urgence n'arrivait jusqu'à moi, où aucun vol d'oiseau ne me sortait d'une catatonie dont la profondeur grandissait, où seul le bruissement fidèle des feuilles me parvenait, et encore, de façon lointaine, presque évaporée. Les saisons ruisselaient sur moi, l'éclosion des fleurs de cerisiers, le bourdonnement des abeilles, la valse cotonneuse de la neige, l'hiver ne m'occupait pas plus que le printemps. Le temps glissait, indéfinissable et sans couleurs ; le monde tournait sans moi, il était une toupie dont je n'étais plus le barycentre. Le chaos n'est pas toujours une agitation furieuse, il prend les contours d'un long silence, d'une grande absence, ou d'un vide. Une forme floue, éloignée. Je ressemblais à mon frère, à ce Chaos, je m'étais faite néant, antimatière. Le temps m'importait peu, et j'aurais pu rester dans cette prostration encore longtemps si, un matin, une voix ne m'en avait sortie.

Utilement, donnez, c'est ce que je veux dire,
Et redonnez toujours quand vous verrez souffrir.

Qu'il est long le réveil d'un endormi, enfoui sous le sel de ses déceptions, ivre de son silence. C'est à peine si je le vis. Je discernai d'abord l'ombre d'une silhouette qui se mélangeait au paysage. Elle approcha davantage, sa voix se fit plus forte.

Relisez-moi souvent, si vous pouvez me lire,
Il n'est pas écrit ici qu'un souhait de bonheur.
Tous mes vers seront bons si chacun vous inspire
Et la vertu si rare et le bien et l'honneur.

Son front portait la même immensité que la vallée de Delphes, sa bouche les mêmes chuchotis que les feuilles des oliviers, et son regard immense s'appuyait sur les barreaux de ma captivité, qu'il tordait par l'infinité des univers contenus en lui : sous sa voix, la réalité vibrait, infiniment musicale.

Je sus que l'enfance ne l'avait pas quitté. Chaque mot prononcé me sortait de mon refuge et brisait ce bouclier que je pensais impénétrable.

Paradoxalement, en même temps que cette joie nouvelle, une douleur monta en moi ; mes sens s'ouvraient au monde : la lumière m'aveugla et les cris des oiseaux incessants m'étourdirent. J'étais une divinité hagarde et déconnectée du monde qu'elle avait créé, cette mère qui ne reconnaît plus ses enfants parce qu'ils ont grandi en son absence.

Mes sens s'extirpaient un à un, et je voulus que jamais ce chant inédit ne s'arrête ; chacun de ses R roulait comme les grondements d'une montagne en colère et fissurait à son passage cette carapace qui m'avait asséchée. De couleur rouge lave, les R hypnotisaient mes souffles avant de se métamorphoser en B ronds, joyeux, aussi verts que les feuilles qui chuchotaient autour de moi. Bientôt je n'entendis plus que ces deux lettres qui, accolées ensemble, formaient ce que j'avais de plus précieux.

R-B-R-B

Il n'y avait plus de mots, seulement des sonorités, propres à m'éveiller.

R-B-R-B

L'arbre.

La voix poursuivit sa mélopée, c'était un chant ancien, sans ponctuation, libre de ses carcans, déchaîné. La lumière ajusta ses carmins et les oiseaux se turent. C'est à ce moment-là que monta en moi ce soupir trop longtemps contenu, qu'un prodige se produisit : la voix cessa son chant, s'arrêta, et écouta la forêt.

« Y a quelqu'un ? »

Derrière celui qui parlait se tenait une ombre plus petite.

« As-tu entendu, Albert ? Il me semble que nous ne sommes pas seuls. »

Pouvait-il m'entendre ?

*

De timides crocus tapissaient le sol de leur violet, il flottait encore cette brume matinale qui annonce un changement des températures. Je regardai tout autour de moi et m'approchai d'un vieux chêne. Il serait mon complice. En un échange tacite, l'arbre sut, et il dégagea une odeur d'un autre âge, puissante, charnelle. L'homme s'adossa au tronc du chêne et sortit un carnet.

Ses doigts couraient sur le papier, l'encre coulait. De manière mimétique, les nuages accélèrent leur course, portés par la soie du vent. L'homme griffonna de plus belle et fit voler mes derniers remparts.

Je sondai sa feuille et lus :

Je suis un roi qui n'est pas sûr d'avoir du pain
Sans pleurer j'ai vu fuir mes rêves en déroute
Mes rêves aux yeux doux au visage poupin

Pour consoler ma gloire un vent a dit Écoute
Élève-toi toujours. Ils te montrent la route
Les squelettes de doigts terminant les sapins

De nouveau, il leva son crayon ; je n'étais pas très loin, je fusionnai avec les feuilles d'un arbre pour mieux l'observer. Tapie dans l'ombre, j'épiai l'inconnu. L'autre silhouette s'approcha de lui :

« Les couleurs aujourd'hui sont bien particulières, sans doute l'arrivée de la nouvelle saison. »

L'homme mit un doigt sur ses lèvres et, de l'autre main, invita son frère à s'asseoir. Il avait un regard qui caresse l'âme.

« Approche-toi plutôt de moi, Gui ! »

Ce n'était qu'un chuchotis, mais le vent m'avait porté son nom : « Gui », comme ces lianes qui entourent les arbres et les enrobent d'un air de fête.

Le temps de mes réflexions, Gui s'était allongé, et bientôt sa respiration me montra qu'il dormait. J'eus envie de peupler ses rêves, mais le moment n'était pas encore arrivé. Il nous faudrait du temps pour apprivoiser nos nuances. Mon bras-arbre comprit l'instant solennel et fit pousser sous lui un tapis de minuscules champignons, démontrant alors que l'infiniment petit était devenu son terreau et sa nouvelle muse, tandis que l'infiniment grand le regardait dormir.

À son réveil, je me tenais toujours là. Je pensais qu'il serait surpris de ce matelas qui avait surgi durant son sommeil, mais ce fut lui qui m'étonna, en racontant une de mes vieilles légendes à son frère. Les coccinelles se posèrent, les fourmis cessèrent leur besogne, même les tourterelles arrêtèrent de batifoler le temps du conte. Tandis que les bras du soir tombaient déjà et agrandissaient les ombres, l'histoire prit fin et Albert lança le signal :

« Jouons à chat ! »

Les deux frères se mirent à courir. Leurs semelles vibraient contre le sol et tonnaient comme la scansion d'un chant ancien. Ma poitrine tambourina, s'accordant d'elle-même à ce rythme dont elle avait été privée durant des millénaires ; des insectes ailés dansaient tout autour, chatouillant les herbes à leur passage ; je suivis le vol syncopé d'une libellule, dont les éclairs bleutés avaient gardé leur éclat. Tout comme jadis.

Une à une, je reconstituai les couleurs et en tissai un tapis sur lequel je me plus à marcher et grandir de nouveau ; le violet des bruyères, les rayons jaunes dont se parait la cime des arbres, le blanc cotonneux d'un ciel d'été. Aux couleurs s'ajoutaient leurs bruits, qui faisaient écho à mon âge d'or, quand mes enfants riaient encore autour de moi.

*

Le plus petit des deux ramassa une branche au sol, elle était souple et fléchissait sous ses mouvements rapides. Il s'arrêta quelques instants pour fouiller dans sa poche, puis en ressortit une cordelette effilochée et grise dont il testa la solidité en tirant dessus. La corde vibra. Avec dextérité, il fit un premier nœud, puis un second, et banda la tige, qui se courba. Albert venait de créer un arc et, à la manière d'Achille, il poursuivit son frère de sa nouvelle arme.

« Je gagnerai ! »

Mais Gui arrêta de courir et se retourna, le visage fermé.

Les deux garçons se faisaient face, et de ma bouche sortit une plainte. Je me tenais à côté d'eux, le souffle court, non pas d'avoir suivi la course de ces hommes, mais d'être réveillée par un combat. Ma vie n'était-elle qu'une boucle sans fin ? Mais le plus grand des frères, loin de rejouer l'histoire d'Abel et Caïn, ou d'autres frères ennemis, prit l'arc et le renversa. De l'unique corde, il tira une musique, ce qui étonna son frère :

« Toute chose est deux, Albert. Un arc peut à la fois tuer et émerveiller. Dans un sens, il apporte la mort, de l'autre l'amour. À la main de choisir quelle direction elle souhaite lui donner. »

Un peu plus loin, en contrebas, le ruisseau coula plus fort, ses veines grossirent et formèrent des rondes d'eau si fortes qu'elles débordèrent et éclaboussèrent les rives, comme un éclat de rire. L'invisible n'était plus, il se déversait jusque sur ses mots :

Les dieux narquois partout se meurent
Et s'émeuvent les enchanteurs,
Les fleurs se fanent, les fées pleurent

Le jour d'après, ils revinrent. L'ail des ours tapissait les sous-bois de son parfum capiteux. Gui avait sous son bras un grand carton qui renfermait d'épaisses feuilles blanches. Lorsqu'il l'ouvrit, les feuilles des arbres teintèrent le papier blanc d'un vert pâle, ajoutant çà et là des ombres naturelles.

« Viens près de moi, Albert, et dessine ce que tu vois. »

Le plus petit sortit un crayon et commença à tirer des traits verticaux et horizontaux. Il porta son regard au loin, derrière les arbres et le champ, et dessina une maison. Albert s'appliqua, tournant parfois sa tête vers son frère pour tenter de déchiffrer les traits de son visage, mais Gui restait impassible, préférant rire et déstabiliser son jeune frère. À côté de la maison, s'ajouta une charrette remplie de foin et, pour terminer, après un dernier regard vers Gui, Albert traça les contours d'un homme : une silhouette démesurée, de la même taille que la maison. Il reposa son crayon, tendit la feuille en plissant les yeux puis la remit à Gui, qui se gratta le haut du front.

« Te rappelles-tu monsieur Quagliarini, mon professeur de dessin ? Un jour, en classe, il a sorti une dizaine de tableaux et nous a demandé, à nous ses élèves, de décrire ce que nous voyions. Comme ce que je viens de faire avec toi. Nous avons tous reproduit les personnages ou les objets que nous avions vus sur les toiles, du héros le plus important au moineau le plus petit, en passant par les intérieurs cossus des maisons bourgeoises. Certains se lamentaient à voix haute de ne pas avoir réussi à dessiner un nez ou une main, d'autres, plus bas, se moquaient du décolleté complètement fantasque d'une maîtresse de maison, mais tous se sont tus quand monsieur Quagliarini a asséné que nous étions des cancres. Nous baissâmes la tête de dépit. En réalité, nous avions tous oublié un élément qui figurait pourtant sur toutes les toiles. Tu voudrais savoir lequel, Albert ? »

Le plus petit ne cilla pas, hypnotisé par cette mystérieuse histoire.

« Aucun élève n'avait pensé à décrire la nature. Et pourtant, elle était bien là, elle remplissait tous les cadres de ses verts éclatants. Sur chaque toile, elle était présente, mais invisible à tous. Je repense toujours à ce professeur qui, ce jour-là, nous a enseigné l'essentiel : l'invisible, le caché, l'implicite, ce qui fait la richesse du monde. Comment avais-je pu la rater ? J'ai eu honte, mais de ce sentiment est né un véritable changement, car depuis ce jour, je regarde le monde différemment. Tiens, Albert, voici une autre feuille blanche. Remplis-la de cet absolu, rends-lui sa véritable place. »

Le plus jeune leva la tête, son regard venait de changer, il était plus sombre, plus profond ; il traça de grandes arabesques, et bientôt sa feuille fut remplie d'herbe, de feuilles sur lesquelles se promenaient des insectes. Puis, pour terminer sa création, il esquissa le clocher de l'église, au loin. Il perçait les nuages, mais n'était pas le centre du tableau. Les herbes étaient toutes uniques, avaient chacune leur forme et leur propre existence. Je me gonflai d'orgueil et de honte.

*

Depuis des millénaires, je m'étais fourvoyée, et c'étaient ces deux garçons qui me donnaient la clé : être mère m'avait donné une place essentielle, primordiale, j'étais la matrice, la déesse par laquelle les choses adviennent ; mais tout change et tout tourne. D'abord bienheureuse, j'avais pris pour un temps la place de l'abandonnée.

Longuement, j'avais envié ce nouveau dieu qui me reléguait au rang d'un décor, d'un paysage dans lequel les hommes pouvaient tailler, sur lequel ils pouvaient bâtir, tronçonner, tuer, saccager, sans se demander ce qu'ils massacraient ; et à l'oubli des hommes répondit mon hibernation. À quoi bon me battre, quand dans les yeux de mon adversaire étincelait le résultat de la bataille ? Cachée aux yeux des autres, j'avais pris la place de la taiseuse, celle qui sait mais ne dit rien et observe, jusqu'à ce jour où j'entendis cette nouvelle voix, qui, par son chant syncopé, réveilla la corde endormie qui ne vibrait plus en moi.

Ce jour d'été, je compris que j'avais fait erreur, que la voie que j'avais empruntée était aussi obscure que la grotte dans laquelle mes enfants avaient été à leur naissance enfermés par leur père. Depuis des millénaires, j'étais devenue le Chaos, ce même frère que j'avais autrefois banni de mes pensées. Me coupant des hommes, la brume de mon ignorance était aussi insondable que les montagnes cyclopéennes. La clé n'était pas dans la hiérarchie des choses, je n'avais pas à m'élever au détriment d'un autre, je n'avais pas à attendre des hommes un quelconque honneur ou la moindre rétribution. Le poisson dans la rivière est aussi important que la colère de la foudre qui roule dans la vallée, l'esprit industrieux de l'homme est aussi important que la nature à l'onde verdoyante.

Ce matin-là, je décidai de suivre ce poète : moi, Gaia, mère de toutes choses, je mis mes pas dans son chant et, je compris qu'il m'apporterait autant, si ce n'est plus, que ce que j'avais pu lui donner. J'éclatai de rire. La voie du milieu s'ouvrait à moi : nous ne devions pas nous opposer, l'un n'était pas supérieur à l'autre, nous devions avancer ensemble.

« Connais-tu, Albert, l'origine du nom des arbres ? Savais-tu qu'autrefois, dans les langues indo-européennes, leurs noms étaient féminins, en hommage à la déesse-mère ? Ce n'est qu'avec l'évolution du langage que l'homme les a fait changer de genre, qu'il les a métamorphosés. Les arbres sont devenus masculins. »

Je retins ma respiration.

« Ils me fascinent, car ils portent en eux une profonde dualité. Ils sont femmes et hommes à la fois. Regarde ce vieux chêne, Albert : comment la nature, avec sa fougue sauvage, a-t-elle pu engendrer de telles merveilles, aussi harmonieuses et équilibrées ? Contemple la finesse du tronc qui supporte autant de branches et de feuilles : il est resté droit malgré tout. La nature est à son image : humble, digne, prête à supporter un poids, à souffrir tout en restant elle-même. Pour arriver à cet équilibre, chaque branche a dû faire attention à sa pousse, afin de ne pas gêner l'autre branche. Chacune a aidé l'autre. »

Gui ne connaissait pas encore le sens du mot altruisme : il se tut, et cette pause sortit son frère de son mutisme.

« Pourquoi tu deviens silencieux ? Tu penses à quoi ? »

Gui racla du bout du pied des feuilles mortes, découvrant ainsi une racine :

« Aux hommes et à leur folie. »

CHAPITRE 32

Gaia

Mon corps était encore gourd et mes sens endormis, mais je m'ouvris aux miens, aux arbres dont le vent portait l'effluve, aux fleurs dont les couleurs rivalisaient avec le ciel, à ce tout qui m'entourait et servirait à mon épiphanie. À chaque réponse que je recevais, je me délestais d'un fardeau trop longtemps cristallisé, comme si le désespoir dans lequel je m'étais enfermée devenait un étranger, un être aux contours indistincts dans lequel on peine à se retrouver. La légèreté me prit et m'envahit, ma divinité, percluse par des millénaires traversés, m'offrait son nouveau chant.

Le vent dans les arbres me raconta la légende de cet homme, dont je ne connaissais que le prénom et l'adorable fossette, alors qu'il répondait avec malice à son frère. Nous étions comme ces arbres coupés dont le tronc regarde, impuissant, leur ancienne histoire, jonchée au sol, pourrir dans la terre fraîchement remuée. Il me fallait faire revenir ceux que j'avais délaissés, leur montrer que je ne voulais plus être l'observatrice, mais une créatrice ; que le temps était venu que je comprenne, non que je subisse.

Tout comme moi, Gui ne connaissait pas le nom de son père ; sans racines, il s'était créé de nouvelles branches. S'il ne pouvait pas se ramifier vers le bas, il le ferait vers le haut : né seulement d'une mère, il était devenu fertile ; il combla, comme moi, le vide de sa propre mythologie. Il fallait bien advenir, se créer pour exister, puisque personne ne nous revendiquait : jour après jour, à la manière d'un maçon, bâtir notre propre maison.

L'air se chargea de minuscules parachutes blancs qui dansèrent devant puis autour de moi, pour transporter l'histoire de cet homme. Les aigrettes des dents-de-lion acheminaient les mots lentement, certaines tournoyaient avant de délivrer leurs paroles, d'autres repartaient avec le vent contraire, mais toutes finissaient par se poser et transmettre leur foisonnement. Le kaléidoscope de Gui se construisit, le vagabondage de sa famille, le départ de sa mère, l'impossible attachement.

Tandis que le tapis de sa légende se tissait, Gui éleva sa voix et poussa un cri. Je crus au départ qu'il dormait, mais je le découvris debout, les yeux hagards et les cheveux aussi emmêlés que les épis de blé avant la moisson :

« Croniamantal ! Croniamantal ! »

L'incroyable pouvoir des mots, de quatre syllabes, balaya l'instant présent pour me renvoyer des millénaires en arrière. Le vent me portait le nom de mon fils et atteignait mon cœur de mère : « Cro-nos. » Les aigrettes se firent plus nombreuses, jusqu'à éclipser ces deux silhouettes. Mes sens me perdirent, parfois j'eus l'impression d'avoir de nouveau face à moi le corps de mon fils, parfois celui de Gui. L'histoire se renouait.

« Albert ! Qu'en penses-tu ? Je viens d'avoir l'idée d'une histoire dont le personnage principal serait

Croniamantal. Autour de ce personnage, je discerne déjà les arbres tordus de Stavelot et les buissons. Le reste viendra ! »

Tandis qu'il expliquait son idée à son frère, Gui faisait de grands moulinets avec ses bras, les arbres eux-mêmes baissèrent leurs branches et permirent à la lumière de septembre d'éclairer le front du jeune homme. Albert resta impassible face à la douce folie de son frère, l'esprit accaparé par le terrier d'une belette qu'il cherchait à déloger.

Je me pris de tendresse pour cet esprit malicieux jusqu'à rêver qu'en lui dormaient quelques particules de mon fils. Peut-être les hommes et les dieux étaient-ils faits du même bois ?

« Mais Guillaume, si tu veux écrire, il te faudra un nom de scène, comme la troupe de théâtre de Stavelot. Comment voudrais-tu t'appeler ? »

Gui arrêta ses grands gestes, une réflexion barra son front.

« Notre identité est plurielle, à défaut d'avoir des parents présents. Regarde tous mes noms ! Guillaume Albert Vladimir Alexandre Apollinaire de Kostrowitzky ! Kostro, j'écarte, c'est trop dur à retenir, trop long, mais Apollinaire ! Apollinaire, c'est Apollon, c'est faire comme César, se donner une légitimité divine, et se placer sous le patronat du dieu des poètes et des arts. Et accessoirement celui de la beauté.

– C'est surtout pour que Mareye tombe amoureuse de toi ! » surenchérit Albert.

Gui eut un sourire qui ne trompa personne et ébouriffa les cheveux de son frère.

Le soir tombait déjà, et, au moment de leur départ, une évidence me sauta aux yeux. Cette silhouette de dos, je l'avais déjà vue de nombreuses fois, il y a de cela de nombreuses années. Gui avait la même forme d'épaules qu'Orphée. Le bruit de leur pas s'éloigna, et avec le silence grandit mes doutes. Orphée, le guide, le poète qui pouvait faire pleurer les pierres, l'homme désespéré capable de chanter les mystères de la nature. Le nom que s'était choisi Gui résonnait étrangement : Apollinaire. Apollon, père spirituel et maître d'Orphée. Les pièces du puzzle s'emboîtaient jour après jour, mon réveil n'était pas le fruit du hasard, l'histoire formait une boucle, comme cette ritournelle que Gui avait sifflotée en partant.

La nuit accueillit mes pensées et les rendit plus sombres. Il me fallait agir, prévenir ce nouvel Orphée, éviter que la fatalité ne se répète. Des voix du passé surgirent, des chants libres, sans carcan, scandés par Orphée et sa lyre. Des vers sans ponctuation, comme les poèmes de Gui, simplement guidés par l'émotion du poète, changeante et polymorphe, et puis cette terrible nuit où son cri déchirant me parvint une nouvelle fois.

« Je ne veux pas mourir, ne me tuez pas ! »

Ses yeux étaient exorbités et sa bouche tordue d'effroi, aussi écumante que la mer dans laquelle sa tête fut ensuite jetée. Les ménades, ces femmes rendues furieuses par l'indifférence de cet homme à leur égard, se tenaient derrière lui. Leurs cheveux bruns et en désordre se confondaient avec l'empreinte de la nuit, elles ressemblaient à des bêtes, et seule leur poitrine blanche, mise à nu par leurs mouvements brusques, sauvages et désordonnés, révélait qu'elles étaient des femmes et non des créatures maléfiques. Elles ne voulurent rien entendre, la colère guidait leurs mains, elles décapitèrent Orphée sans remords, allant jusqu'à entonner des chants de liesse. L'une d'elles but son sang en portant la tête d'Orphée à bout de bras. Impuissante, je les regardais déchiqueter un à un les membres d'Orphée, dont le dédain avait métamorphosé ces femmes en bacchantes au courroux sans limites.

« Mais si, je te dis que ce rêve était réel ! »

Une voix me sortit de mes pensées. Gui et son frère étaient déjà revenus. Occupée à ces pensées funestes, je n'avais pas vu le jour se lever.

« J'étais en Grèce antique, entourée de femmes toutes plus belles les unes que les autres, la poitrine dévoilée, mais dans leur regard j'ai bien senti que je n'avais aucune chance : aucune place pour l'amour parmi leur colère.

– Je te reconnais bien là, Gui ! Un rêve avec des femmes. Et alors, la suite ? »

Le plus grand soupira :

« Albert, je t'assure, ce n'était pas un rêve habituel. À la fin, j'ai entendu une voix, la même qu'ici, dans cette forêt. Et tu veux savoir ce qu'elle m'a dit ? Elle m'a affirmé que je ne devais pas suivre les traces d'Orphée. Forcément, ça m'a interpellé. Mais je ne comprends pas ses dernières paroles : "Aime comme un arbre." Ça veut dire quoi, selon toi ? »

Les deux frères s'étaient arrêtés à la lisière de la forêt et cherchaient à sonder ses mystères. Le plus petit des deux avança, puis se mit à cueillir quelques fleurs ; dans ses mains, elles formaient comme des gerbes d'eau ; il les déposa près de lui, au sol, puis partit un peu plus loin faire la même chose avec quelques champignons, ensuite il se hissa sur la pointe des pieds pour atteindre la plus basse des branches d'un chêne et récolta quelques glands encore verts. Son frère le regardait, un fin sourire se dessina sur ses lèvres :

« Je crois que j'ai compris. »

Le plus petit haussa les épaules et continua de disposer son trésor en couronne autour d'une grosse pierre.

« Sais-tu qui est Orphée ?

– Oui, chaque vendredi c'était l'heure du conte avec mon maître de latin, il nous l'a raconté un grand nombre de fois : c'est un poète qui ne s'est jamais remis de la mort de sa femme, qui est même allé la chercher aux Enfers, mais s'est retourné trop vite. »

Gui s'adossa à un chêne et, à travers la sève, je sentis sa respiration s'accélérer.

« Il n'a aimé qu'une fois, et ça a causé sa mort.

– D'accord, mais quel rapport avec l'arbre de ton rêve ?

– Voici ma théorie : l'arbre change d'habits en fonction des saisons, il n'est jamais le même, toujours changeant, on a tort de ne voir que son immobilité. Les arbres s'adaptent. Ils sont forcés de s'adapter pour ne pas mourir. »

J'aimais écouter ces deux garçons : leur lien les rendait plus forts, ils comprenaient vite, presque à l'égal des dieux.

« Là est la clé, Bébert ! Quelle est la plus grande faiblesse des hommes ? Mourir. Ils ne peuvent pas s'adapter. Les arbres leur sont supérieurs : ils ne peuvent fuir et ont développé d'incroyables techniques de survie, et chaque saison, ils se métamorphosent. Leur richesse ! Je dois moi aussi penser en saisons, je devrais me renouveler comme un arbre, établir des cycles, ne pas m'attacher en amour à une seule femme comme Orphée. Si un amour meurt, un autre recommencera, et je n'aurai pas le même destin qu'Orphée. »

Plus bas, il ajouta :

« Voilà une pensée qui me ravit, car, tu vois, Mareye me mène en bateau. Elle ne m'aime plus, mais ce n'est pas grave, d'autres m'attendent ! »

Le plus jeune éclata de rire :

« J'aime t'entendre raisonner ainsi. Allez, viens, jouons à chat perché, le premier qui perd fait les corvées de l'autre ! Chat !

– Attends, j'ai quelques vers à écrire, je te rattraperai. »

Il sortit un petit carnet noir sur lequel il griffonna :

Les premiers vents d'automne se plaignaient
Et Croniamantal, très triste et très honteux,
Perdit à jamais l'envie de revoir sa jolie
Mariette pour ne garder d'elle que le souvenir

Le trésor laissé par Albert autour de la pierre semblait bouger : les vaillantes fourmis commençaient leur éternelle besogne et transportaient les victuailles. Mon regard embrassa le bosquet : immobile vu de loin, de près il grouillait de vie.

CHAPITRE 33

Gaia

À chaque saison, jusqu'à ses vingt ans, les mains d'Apollinaire devinrent plus grandes, ses paumes connurent la peau des femmes qui passèrent sous le pont de ses bras, comme l'eau de la Seine qu'il mit dans ses poèmes. Les muses sont au nombre de neuf, et neuf femmes comptèrent aussi pour Gui, femmes qu'il aima sans forcément être aimé en retour. Figure du mal-aimé, habité par l'Éros, il s'incarna dans la tendresse autant que dans la bestialité.

Marqué par les frasques de sa mère, Angelica, qui devint ensuite Olga, le poète chercha dans les bras des femmes une éternelle chaleur féminine. L'insensible Linda fut vite oubliée quand il rencontra Mareye, la Stavelote, qui ne lui donna qu'un amour de comédienne. Quelque temps plus tard, en Allemagne, il s'épancha auprès d'Annie et de ses grands yeux effarouchés ; lui qui voulait faire d'elle une nouvelle Lorelei trouva là sa troisième vaine bataille. Une silhouette fine entra dans la vie de Gui, une peintre du nom de Marie ; ils se disputèrent autant qu'ils s'aimèrent, il trouva en elle un double féminin et un brasier sans fin. Lou ralluma ses étoiles, il la calligramma, l'idéalisa, l'effeuilla, la fessa, mais la perdit pour une femme moins affermie. Il tomba sur les rives d'une femme métaphore, la samaritaine Madeleine, dont les neuf portes ne furent guère son trésor ; las, il se confia à sa marraine de guerre, qui ne voulut pas rentrer dans ses petites affaires. La dernière portait le feu dans ses cheveux, la rousse jolie, qu'il surnomma Ruby, un bel éclair qu'il métamorphosa par une bague au doigt. Gui les aima toutes, pour de multiples raisons : chacune incarnait une qualité qu'il aimait. Il portait en lui les saisons d'un arbre, virevoltant de l'une à l'autre, d'hiver en été.

Je les regardais passer. À la saison des femmes-fleurs, des clochettes roses du brin de bruyère au mimosa parfumé, les gerbes d'amour jaillissaient avant de se faner. Je guettais les prémices, instants fugaces des premiers délices, la femme épanouissait ses corolles et étendait un à un ses pétales au soleil. Je t'aime, un peu, beaucoup, passionnément, à la folie, pas du tout : la ritournelle tournoyait, les saisons s'accumulaient.

De cette période, j'appris que le temps des hommes ne ressemblait pas au nôtre. Avec Lou et Gui, je compris que l'amour se forge patiemment. Ces deux-là possédaient la même passion qu'un volcan, mais chaque jour qui passait transmutait leur quotidien en amour. Les premiers regards, les premiers gestes, les premiers mots : la lenteur était de mise, quelque chose d'autre subsistait. La saison d'un arbre est unique, les feuilles s'inclinent vers le soleil et se déploient sous sa chaleur, la sève monte dans le tronc et le feuillage à son tour rejette son eau ; c'est le cycle grâce auquel tout fonctionne.

Tout est sensation : la chaleur, le vent, la pluie, les attaques des animaux, la pollution. L'arbre s'adapta et transforma, au cours des quatre cents millions d'années, la faiblesse de son immobilité en force. Incapable de chercher ailleurs, il prit sa nourriture sous ses racines et à sa cime, se développant dans les situations les plus hostiles, tel que je l'avais créé.

Au départ, je ne compris pas pourquoi Gui n'était pas seulement un être de sensations, comme ces arbres : elles étaient là, en lui ; je les ressentais quand il s'adossait à un arbre, quand sa voix vibrait à l'évocation de Lou, quand il marchait plus vite pour la rejoindre, quand son cœur ralentissait dès qu'elle partait. Toutefois, l'absence de Lou n'enlevait pas totalement ses sensations. Les calligrammes de Gui illustraient son obsession, métamorphosant, avec le temps, un amour absent en œuvre d'art.

Ainsi le poète m'apprit l'amour.

Pas cette conscience maternelle que j'avais autrefois ressentie, mais une ferveur pour l'autre, celui qui n'est pas sorti de nous et qui cependant nous transforme. Le cycle, chez les arbres, était toujours le même depuis des millénaires, les sensations changeaient peu ; le printemps d'une année n'a que peu connaissance du printemps précédent, tandis que l'amour des hommes varie selon les cycles. Ils n'aimaient pas avec la même insouciance en fin de vie qu'à leur printemps. Certains étaient à jamais hantés ou habités par leurs premières amours.

Avec le poète, je saisis le temps des hommes, toujours portés vers une métamorphose. Sans cesse en mouvement, comme ces éphémères qui ne durent qu'une journée, les hommes n'habitaient pas le temps de la même façon que nous et avaient fait autrement, magnifiant leurs sensations, les élevant au rang de sentiments. Une continuité semblable au tronc de l'arbre, qui reste malgré l'hiver, malgré le manque de soleil et d'eau, malgré cette absence d'émotions. Mais chez l'homme, ce n'était pas une hibernation comme chez l'arbre ; il y avait au contraire une sédimentation des choses, les sensations se solidifiaient et se transmuaient.

Un soir d'hiver, au 38e régiment d'artillerie, tandis que l'absence de Lou le mordait, Apollinaire lut à un compagnon d'armes un poème qu'il venait d'écrire. Au front, les arbres étaient déjà tordus par les obus et calcinés par la mitraille, mais il avait réussi à métamorphoser l'abandon qui l'entourait, abandon des femmes, de la Nature et de l'humanité, et à convoquer de nouveau ses souvenirs pour les rendre réels, se riant de tous les risques, même à la guerre :

Si je mourais là-bas sur le front de l'armée
Tu pleurerais un jour ô Lou ma bien-aimée
Et puis mon souvenir s'éteindrait comme meurt
Un obus éclatant sur le front de l'armée
Un bel obus semblable aux mimosas en fleur

Et puis ce souvenir éclaté dans l'espace
Couvrirait de mon sang le monde tout entier
La mer les monts les vals et l'étoile qui passe
Les soleils merveilleux mûrissant dans l'espace
Comme font les fruits d'or autour de Baratier

Souvenir oublié vivant dans toutes choses
Je rougirais le bout de tes jolis seins roses
Je rougirais ta bouche et tes cheveux sanglants
Tu ne vieillirais point toutes ces belles choses
Rajeuniraient toujours pour leurs destins galants

Le fatal giclement de mon sang sur le monde
Donnerait au soleil plus de vive clarté
Aux fleurs plus de couleur plus de vitesse à l'onde

Un amour inouï descendrait sur le monde
L'amant serait plus fort dans ton corps écarté

Lou si je meurs là-bas souvenir qu'on oublie
– Souviens-t'en quelquefois aux instants de folie
De jeunesse et d'amour et d'éclatante ardeur –
Mon sang c'est la fontaine ardente du bonheur
Et sois la plus heureuse étant la plus jolie

Ô mon unique amour et ma grande folie

Il avait réussi à annihiler la déchéance de la nature, à la transformer : face à la pourriture grise et informe des tranchées, il avait apposé ses jaunes éclatants, en bouquets, puis en fruits d'or. L'homme était cet être qui, même en hiver, continuait de faire pousser ses fruits.

Ce soir-là, la lumière qui tombait rendit les yeux des soldats brillants. Gui alluma une bougie dont le faible halo dessina une couronne au-dessus de lui.

Quelques mois plus tard, déjà éprouvé par la rigueur de la guerre, il sortit de sa poche un morceau de métal ramassé sur la ligne de front, dont le sol était jonché de morceaux de batailles. Il caressa cet éclat d'obus et chercha à sonder sa force symbolique. Il déplia un papier sur lequel étaient inscrits des chiffres, puis commença son travail d'orfèvre. De l'or naissait de ses doigts, mots et obus se transfiguraient. Lorsque, quelques heures après, il regarda son œuvre, cette bague qu'il passerait à l'annulaire de Lou, ses yeux brillèrent de la même fièvre que dans leur chambre à Nice.

CHAPITRE 34

Gaia

Le soir, à travers les barreaux de la fenêtre, Apollinaire regardait les pavés de la cour carrée où je veillais mon poète, cachée dans le grand orme dont les feuilles caressaient les carreaux de sa chambre. L'hôpital ne laissait que peu de liberté à l'esprit : à l'intérieur, les gémissements des blessés, parfois des cris ; à l'extérieur, une vue assombrie par les hauts murs et ce ciel qui ne décollait pas des gris. Gris souris, gris pluie, gris sali.

Le 19 mars 1916, deux jours après avoir reçu un éclat d'obus à la tête, Gui s'était réveillé. Ses yeux hagards retrouvaient des murs blancs et hauts, au lieu des tranchées boueuses et sales. Alerté par une infirmière, le médecin s'était approché de lui et avait promené un faisceau de lumière sur son visage et ses yeux, tâté le pouls, puis entamé une discussion avec le patient :

« Sous-lieutenant Kostrowitzky, vous êtes à l'Hôpital italien, car vous avez reçu un éclat d'obus à la tête, il y a deux jours. Il vous reste encore d'infimes morceaux dans le crâne. Vous avez subi une trépanation afin de résorber l'hématome. »

Gui regardait l'énorme grain de beauté sur la joue de cet homme. Vu du ciel, le trou d'un obus devait avoir la même forme.

« Monsieur, je dois vous avouer que vous êtes un miraculé. Je n'aurais pas parié un centime sur votre survie. »

Pour la première fois depuis son réveil, Gui avait souri :

« Je suis un prophète, dame Nature me protège. »

Mes bras d'orme ne purent s'empêcher de tapoter les carreaux du dortoir de l'hôpital. Le médecin, lui, avait ri et avait fait signe à l'infirmière de lui donner un tranquillisant.

*

Le patient n'était pas encore tiré d'affaire. Les jours avaient passé, le poète sous-lieutenant continuait ses élucubrations. Le choc, disaient les médecins. Gui passait par des phases d'agitation, de colère et d'épuisement ; face à cette effervescence, les infirmières lui conseillèrent d'écrire à sa fiancée, ses amis, sa famille, elles lui mirent même un crayon dans la main. Il écrivait quelques lignes maladroites, une écriture penchée, serrée et à peine centrée, qui ressemblait à celle d'un vieillard, quelques mots noirs qui criaient leur désarroi sur la feuille blanche, des lettres illisibles. Après quelques minutes, tout lui échappait des mains. Son esprit fuyait, puis il s'endormait.

La nuit, munies de lanternes, les infirmières passaient dans ces chambrées de fortune séparées par des draps blancs. Elles ne disaient jamais rien, marchaient dans l'allée centrale dallée de carreaux aux formes géométriques. Ralenties par l'opacité de la nuit, elles avançaient lentement, comme pour percer quelque mystère qu'elles ne saisissaient pas encore. Les ombres chinoises des malades allongés dans leur lit ressemblaient à ces amas de terre creusés par le souffle des explosions. Les patients étaient devenus ce qu'ils craignaient le plus, ils ressemblaient à cette terre meurtrie qu'ils venaient de quitter, mais qui ne les quitterait plus.

Le corps de Gui s'agitait dans son sommeil, il se réveillait et demandait toujours à boire :

« J'ai la bouche pleine de sable », répétait-il.

Dans l'obscurité, le pansement pâle autour de sa tête ressortait et lui donnait l'air d'une lune, celle de Méliès, défigurée elle aussi par un obus quelques années auparavant. Mais ici, ce n'était pas du cinéma : à la guerre, Gui s'était égaré. L'enthousiasme premier s'était changé en cynisme, une partie de lui était restée coincée entre deux barbelés, déchiquetée. Durant cette poussière d'années, inquiète du sort de mon protégé, j'avais suivi Gui dans ses amours comme dans ses défaites ; son engagement à la guerre m'avait paru insensé, mais, comme il aimait le répéter à ses amis, La France était « sa seule maison ». Son expression me rappelait mes fils, durant la guerre contre les dieux de l'Olympe.

Un matin, bien avant la guerre, Gui s'était rendu tôt au Bateau-Lavoir, à l'atelier de son ami Pablo, qui s'affairait déjà. Le poète avait décalé une statuette d'art africain sur la gauche, puis sur la droite, avant de s'asseoir dans un fauteuil. Quelques secondes plus tard, il s'était relevé pour prendre un tabouret. Pablo avait continué à peindre son tableau, sans rien dire. Gui avait promené son regard sur les murs recouverts de tableaux. Il avait fixé *Les Demoiselles d'Avignon*, et le souvenir d'un dérapage était revenu hanter son esprit : son secrétaire leur avait revendu pour trois fois rien des statuettes d'art primitif, et Pablo s'en était inspiré pour peindre ces demoiselles. Gui avait salué sa prouesse de mélanger l'ancien et le contemporain, mais leur liesse avait été de courte durée : la police avait débarqué dans l'atelier, les soupçonnant tous deux d'être dans une affaire de recel.

« Tu te souviens des statuettes africaines, Pablito ? »

Le peintre avait laissé sa main en suspens.

« Je ne vois pas comment j'aurais pu oublier.

– Et ce chenapan qui nous les avait vendus ! La police nous avait sommés de les rendre au Louvre. Comme si elles appartenaient au musée ! »

Pablo avait posé ses pinceaux :

« Où veux-tu en venir, Kostro ? »

Le poète avait retardé sa réponse et s'était mis à caresser la table de sa paume. Ses lèvres avaient formé le début d'un mot avant de se refermer.

« Ces statuettes ont été déracinées de leur pays d'origine. Je ne veux pas revivre cela, changer de nouveau de pays et devenir allemand. Je vais m'engager, partir à la guerre et tenter de sauver ce qui reste de ma patrie, de mon nouveau chez moi. »

Pablo l'avait fixé, puis s'était remis à peindre. Sa réponse avait été aussi tranchante et large que ses coups de pinceau.

« L'Espagne n'est pas en guerre, je préfère garder mes pinceaux, bien moins lourds qu'un fusil, mais plus éternels. Je ne revendique aucune patrie, ma seule maison est l'art, et la postérité jugera mon engagement à son aune. »

Il n'y avait rien eu à répondre.

Peu de temps après, la naturalisation de Gui fut rejetée, mais il s'était entêté : il était tout de même parti à la guerre, caressant l'espoir de devenir français sous les drapeaux. Ne plus être un apatride, revendiquer sa terre, connaître la fraternité des hommes, ses compagnons d'armes. Mais quelques semaines avaient suffi à rompre son enthousiasme : il n'avait trouvé au front que des lambeaux d'hommes et de lande.

À l'hôpital, lorsqu'il s'était réveillé dans un cri, il voyait toujours les ruines, les corps abimés, les cadavres de chevaux en décomposition qui servaient de refuge sous la mitraille, la puanteur qui faisait vomir de la bile à la bleusaille, et ce silence avant le noir.

Les premiers temps, ses yeux criaient « Laissez-moi » aux infirmières :

« Je ne veux pas être comme ces embusqués, je veux me battre, y retourner, retrouver mes compagnons de fortune et d'armes ! »

Mais même cette bataille ne lui était plus permise. Sur sa table de chevet, le casque percé trônait : le métal étincelait sous les quelques rayons et rendait le trou encore plus grand, bouche béante d'une vie tranchée.

Quand Gui fut en état de se lever, il quitta les barreaux froids des lits militaires pour les pavés de la cour. Il s'asseyait toujours sur le même banc, et l'infirmière Segré lui tenait compagnie. Il me regardait, fixait l'écorce blanche de mon tronc, puis le ciel, et rêvait à voix haute :

« J'ai eu la chance d'avoir huit muses, avec plus ou moins de fortune, j'attends la neuvième. Mais j'aurai un grand regret. Quand je me suis engagé, j'étais élève officier, puis brigadier d'échelon, agent de liaison, brigadier général, brigadier-fourrier de batterie, chef de pièce, maréchal des logis et sous-officier, mais quelque chose me manquera.

– Vous avez été artilleur et fantassin, vous avez aperçu les horreurs de la guerre, et avez échappé à la mort, que vous faut-il de plus ?

– Voler. J'ai pu m'échapper par les mots, maquiller et travestir la guerre ; j'ai dévoré des instants de vie, j'ai vu la mort, les arbres calcinés, les champs meurtris ; j'ai tapissé mes poèmes de coquelicots à la place du sang, mais jamais je n'aurai vu la vie autrement, la vie vue du ciel. Artilleur, fantassin, mais jamais aviateur. Ça doit être fascinant d'être au manche d'un Breguet, vous ne trouvez pas ? Virevolter, naviguer dans l'espace comme un oiseau. »

Ses mains se crispèrent sur la flanelle de son pyjama, sur ses avant-bras nus, le grain de sa peau se fit plus renflé :

« Mais pas un oiseau tueur, pas un rapace, un vautour. Pas un du genre de ceux qui survolent les champs de pourriture et d'os, à planter des morts, la bouche hurlante, à vif. Si j'avais été aux manettes d'un de ces oiseaux de fer, j'aurais pris la tangente, j'aurais quitté ces friches pour voler vers le Soleil et les étoiles. J'aurais regardé le Soleil comme Icare, quitte à m'égarer. Mais ce vent entre mes deux yeux, cette traversée des mers et des monts resteront pour moi des cieux immobiles. »

Son regard se perdit du côté du ciel, d'Ouranos. Il était temps de rentrer, le jour tombait, offrant son heure bleue. Gui dut s'appuyer au bras de l'infirmière pour se lever ; au sol roula une pièce de monnaie, sans osciller sur quelques mètres, puis elle se mit à tourner sur elle-même, dévoilant brièvement ses deux faces, avant de s'immobiliser .

Gui était à l'image de cette pièce en or : il m'avait montré ses deux côtés. Le verso, son côté solaire, amoureux, fantaisiste et créatif, une sorte de magicien capable de métamorphoser la réalité, celui qui ne craint ni les obus ni les flammes, à l'image des arbres dont le cœur se fossilise petit à petit pour se régénérer autour ; le recto était sa face plus sombre, cynique, désillusionnée, révélée au front et incarnée par son éclat d'obus. Je découvrais un Gui mélancolique, voire impénétrable.

Le métal forgé par l'homme et disséminé dans son cerveau, « son appareil téléphonique », comme il le disait à son médecin, m'empêchait désormais d'influencer ses rêves et de l'approcher. Je redevins celle que personne n'entendait ; et Gui, un inconsolé.

Transféré au Val-de-Grâce, puis chez lui, il resta avec cette nostalgie dans ses souffles, mais les projets le maintenaient dans un élan de vie. Il s'abandonna à un nouvel amour aux cheveux de feu : Ruby domptait sa mélancolie. Quand je les vis, je me plus à imaginer une ère plus paisible, loin de la guerre et de sa vermine. Gui reprendrait des forces, comme ces arbres qu'on croyait morts, l'amour le sauverait. J'attendais ses nouvelles branches.

Et puis arriva, au printemps, un mal sournois, qui décima de façon arbitraire les hommes. Au départ, ils pensèrent à un nouveau gaz allemand, mais les symptômes n'étaient pas les mêmes : fièvre, catatonie, puis trépas, la maladie touchait surtout les soldats. Gui ne semblait pas s'en soucier, le désir le portait ; je retrouvai ses yeux brûlants, même si ses rêves et son esprit m'étaient toujours fermés. Célébré le 2 mai, son mariage avec la jolie rousse scella une vie d'errance et d'abandons. La joie habitait Gui, un éternel été arrivait. La maladie n'attendait que la pluie et l'automne pour le surprendre.

Le 3 novembre, son ami Cendrars l'invita à déjeuner. J'étais devenu platane et les regardais de loin, attendrie. Les deux hommes s'appréciaient et avaient même composé ensemble certains poèmes. Tout comme Gui, Blaise avait été naturalisé durant la guerre ; ils suivaient une trajectoire similaire, même si Blaise avait eu moins de chance : la rafale d'une mitrailleuse avait emporté son avant-bras droit. À la table du restaurant, il se tenait penché, comme attiré par l'absence de ce bras mort, « sa main amie ».

« Peux-tu fouiller dans ma poche, Gui ? »

Le poète en sortit un tube d'huile sur lequel la marque « Haarlem » s'étalait de façon criarde. Il plissa les yeux et tendit le tube à son ami :

« Non, garde-le, c'est pour toi. Si jamais tu es atteint par ce mal mystérieux, qu'on dit venir d'Espagne, prends-en quelques gouttes. »

Gui ouvrit le tube et grimaça :

« Ça pue ! Tu veux donc m'empoisonner ?

– C'est une huile à base de soufre, très efficace. Promets-moi d'en prendre, Kostro ! »

Le poète partit d'un grand rire :

« Nous avons connu la guerre, les machines de guerre inventées par des hommes belliqueux, cette force que les dieux de l'Olympe ne renieraient pas, et toute cette diablerie ne m'a pas vaincu ! Et toi, tu voudrais qu'un virus sorti d'on ne sait où, d'Espagne, comme Pablo, une maladie qui n'est qu'un misérable tâcheron, me tue ? Voyons, Blaise… »

Son éclat de rire courut sur toutes les tables de la terrasse et me fit frissonner.

Quelques jours plus tard, quand Blaise revit Gui, il le trouva chez lui, alité, la face noire, les bronches prises de quintes de toux profondes. Sur le guéridon, le tube était intact, à côté du casque troué. Le rire du poète appartenait déjà à un autre siècle.

Je m'adresse aux poètes qui étaient présents
Amis
Apollinaire n'est pas mort
Vous avez suivi un corbillard vide
Apollinaire est un mage
C'est lui qui souriait dans la soie des drapeaux aux fenêtres
Il s'amusait à vous jeter des fleurs et des couronnes
Tandis que vous passiez derrière son corbillard
[...]
Et voilà que se lève une nouvelle génération
[...]
Au milieu d'eux, Apollinaire, comme cette statue du Nil, le père des eaux,
Étendu avec des gosses qui lui coulent de partout
Entre les pieds, sous les aisselles, dans la barbe
Ils ressemblent à leur père et se départent de lui
Et ils parlent tous la langue d'Apollinaire

Blaise Cendrars
« Hommage à Guillaume Apollinaire »,
Paris, novembre 1918.

CHAPITRE 35

Gaia

Les hommes l'avaient laissé mourir.

Ils n'avaient pas réussi à soigner Gui, à éradiquer le minuscule virus niché dans son corps, alors que je les savais capables de prouesses idiotes : faire voler des objets dans le ciel, voir au travers des choses grâce à leurs rayons X. Mais pour quoi faire ? Ils n'étaient que des hommes, incapables d'égaler la sagacité des arbres qui apportent de l'aide aux plus faibles d'entre eux. Incapables. De boue ils avaient été, de boue ils resteraient.

Depuis mon réveil, dans cette forêt de Stavelot, pas un seul jour n'était passé sans que j'eusse écouté ses poèmes : sa musique sur le monde pansait mes cicatrices aux boursouflures éternelles. Les hommes n'avaient-ils pas saisi l'importance d'Apollinaire, lui qui racontait l'amour, qui posait un regard nouveau sur les choses, qui magnifiait et métamorphosait le réel, qui agissait avec la même philosophie qu'un arbre, qui transmettait un message de la manière la plus libre, sans ponctuation, se délestant des atrocités du réel, se riant de tous les risques, même ceux de la guerre ?

N'avaient-ils pas perçu non plus qu'ils saisissaient la beauté jusqu'alors hermétique des choses et devenaient meilleurs grâce à cet enchanteur ? Enfin, n'avaient-ils pas déchiffré et percé ce que lui-même m'avait révélé en si peu d'années ? Comment pourrais-je continuer de me nourrir de ce monde sans pouvoir entendre les souffles de ses vers ni les battements de son cœur, ni recueillir la chaleur de son corps dans le creux de la nuit ? Comment, sans lui, poursuivre cette découverte de l'âme humaine ? Il devenait déjà une ombre dont les vers en côtoieraient d'autres sous terre.

Cette pensée fut chassée par une autre, encore plus terrifiante : c'était entre mes bras qu'il reposerait désormais, corps dénué de poids, de magnétisme et d'éther, réduit à son enveloppe caduque. Je me sentis incapable de l'accueillir, d'absorber en moi cette pâle matière organique. Une douloureuse culpabilité m'envahit.

Je n'étais pas non plus irréprochable : je ne valais pas mieux que ces hommes, je n'avais pas réussi à le sauver des siens, de sa démesure, de son humanité. Lui aussi était mort prématurément, comme Orphée, anéantissant sous le joug de la fatalité notre œuvre à peine éclose. Les hommes, eux, continueraient de marcher, toujours atteints de cette cécité qui les maintenait dans l'obscurité.

Ma neige épaisse envahit les rues de Paris et la campagne des alentours ; les gens, dont les pieds s'enfonçaient dans cet amas laiteux, s'engourdissaient. La course de leur vie ralentit. Lors des nuits les plus froides, j'exigeais que la tombe d'Apollinaire soit recouverte, que la neige annihile sa mort. Pendant deux mois, un froid sans précédent persista, le ciel glacé paralysait Paris. La température chuta et frôla les moins dix degrés. Lorsque je ne faisais pas tomber la neige, j'implorais

Ouranos de déverser des torrents d'eau. L'hiver 1918, l'un des plus interminables pour les hommes, était le miroir de mon deuil. La blancheur silencieuse avait la couleur d'un refuge exigu, mais nécessaire.

Il fallait que la vie cesse, que les champs soient inaccessibles, que les routes ne puissent plus servir de voies de communication. Puisqu'il était décédé, tout devait mourir, quitte à étouffer chaque âme.

Un matin de mars, la mère d'Apollinaire entra dans le cimetière. Le printemps n'était toujours pas arrivé. Je maintenais fermement les rênes du Soleil et lui interdisais de réchauffer les hommes. Dans les montagnes, personne n'avait jamais vu ça, les intempéries continuaient, les laissant ahuris.

Dans sa main droite, Olga tenait un pot de bruyère dont le rose accentuait le blanc éclatant de la neige. La vieille femme posa la plante au sol pour nettoyer la tombe de son fils. Quand elle enleva ses gants, j'aperçus sur ses mains des grappes de fleurs de cimetière et j'eus un rictus. La mort s'approchait d'elle. Dos courbé et visage fermé, elle débarrassa la sépulture du poids de la neige, la mettant à nu et dévoilant la rigidité froide du granit gris. J'ordonnai que le vent fasse tournoyer la neige jusqu'à recouvrir ses pieds, le corps d'Olga vacilla, le pot de bruyère roula quelques allées plus loin.

Je restai là, à regarder cette femme qui continuait de fleurir la tombe de son fils, cette mère qui ne l'avait jamais compris, et j'eus l'atroce désir de la voir crever. Si Apollinaire était mort, le tronc de sa famille devait subir le même sort. Ainsi soit fait.

Quelques mois plus tard, Olga trépassait, emportée par un mal inconnu, suivie de près par son dernier fils, Albert. La branche de Gui était définitivement coupée, c'était mieux ainsi. Le regret ne m'appartenait plus.

La vie continuait, l'hiver aussi. Je venais souvent voir sa pierre tombale ; les gens passaient, les anciennes amours revenaient, pleuraient parfois l'homme déchu. Dans le creux sombre de leur pupille se lisait la tristesse infatigable d'une douleur profonde.

Et puis, un soir, la tristesse fut plus forte. Incrédule, je regardai ce granit vierge de toute inscription, et l'échec cingla mon visage : ni la mort de sa mère ni celle de son frère ne me le ramènerait. Moi non plus, je ne l'avais pas sauvé. J'avais laissé Gui entre les mains des hommes, je m'en étais remise à leur savoir balbutiant, sans penser qu'il pouvait m'être retiré. Avec son don, sa vitalité, sa lumière, je l'avais élevé au rang d'invincible, de prophète, alors qu'il n'était qu'un simple humain. Jamais je n'avais vu sa fragilité : il était une force, la force qui m'avait réveillée, et voilà qu'il était mort ?

La colère se dissipa, emportant dans son sillon mes stupides et frêles résolutions : je m'agenouillai. Mon cœur, furieux l'instant d'avant, éclata contre ce granit froid. Voilà quel était le temps des hommes : naître, se réjouir, puis, l'instant d'après, mourir.

Une raideur s'empara de moi. Invisible, elle parcourut mes mains engourdies, puis remonta dans mes bras pour se nicher dans ma tête. Sous son poids, mes cheveux se relâchèrent, ruisselant de cette plainte muette que je n'arrivais pas à articuler : l'ambre de ma chevelure glissa au sol avant de s'enrouler autour de la tombe grise, destinée sans doute à rester là pour l'éternité. Dans le cimetière baigné par l'obscurité de la nuit, les morts me regardaient.

Je sortis ce même objet tranchant qui jadis m'avait coupée du Ciel Ouranos. Cette nuit-là encore, la faucille brilla et son reflet miroita sur les étoiles : j'y vis un signe, celui de l'éternel retour. Cette fois, mon bras ne trembla pas, et je n'eus plus besoin de la main vengeresse de mon fils Cronos pour accomplir cette décision. Je n'étais pas digne de rester attachée à un homme que je n'avais pas réussi à sauver des siens.

La serpe me scinderait de nouveau, briserait cette douleur qui me tirait vers les abîmes. J'eus un dernier regard pour cet ambre au sol, puis levai mon bras. Par trois fois, je coupai mes cheveux, par trois fois ils se soulevèrent, cherchant sans doute vainement les racines de ma tête, par trois fois ils tombèrent à terre, pris de soubresauts avant de s'éteindre.

Haletante, je regardais ce spectacle. Les cheveux formaient des figures géométriques au sol, j'y distinguai le corps d'un athlète vaincu. Les mèches s'embrasèrent de nouveau, semblables à un feu triomphant. Elles entamèrent une danse qui les rassembla en couronne : j'eus envie de les toucher, de caresser cette partie de moi, mais je ne bougeai pas. Cet anneau au sol se mit à tourner, lentement, puis de plus en plus vite ; la gerbe flamboyante éclaira les allées du cimetière et posséda dans la nuit la force d'un nouveau Soleil.

Soudain, elles s'enfoncèrent dans le sol, formant un trou noir dans lequel toute lumière fut absorbée. Un temps, j'eus moi aussi l'envie de m'y plonger, mais les ombres m'enveloppèrent de leurs bras spectraux et me retinrent avec elles. Leurs caresses insaisissables me bercèrent.

Mais dans la nuit revenue, près de la tombe, je distinguai des mouvements imperceptibles, comme celui d'un ver de terre qui pousse la glaise pour s'évader. Les fantômes retinrent leur souffle. Du monticule sombre sortit une chose frêle et magnifique : une jeune pousse. Sa sève brillait dans la nuit noire et montait à la même cadence que descendaient mes larmes.

Un arbre était né.

Jadis, de la semence d'Ouranos était née Aphrodite, écume d'entre toutes les écumes, déesse de l'amour ; cette nuit, de mon corps avait jailli cette végétation. Surgie de mes pleurs et de mes tourments, elle resterait là, protégeant la tombe de Gui, et grandirait sans attaches, indépendante et libre.

Tordue par la tristesse, ma bouche murmura un adieu :

« Et sois le plus heureux étant mon grand génie
Ô mon tendre poète et ma grande folie »

Je me levai et laissai derrière moi cette partie qui était mienne, mais qui ne m'appartenait plus. Celui sur lequel j'avais fondé tous mes espoirs n'existait plus. Je décidai de retourner dans cette forêt que je n'aurais jamais dû quitter ; je me réveillerai peut-être un jour, ici ou ailleurs, mais cette jeune pousse accompagnerait Gui dans son éternité.

CHAPITRE 36

Gaia

L'une des histoires préférées de mes enfants était celle de la création des arbres. Les plus jeunes s'allongeaient autour de moi, sans aucune chamaillerie, les plus vieux restaient debout, à l'écart ; dans leurs regards flottaient déjà les rives de l'imaginaire. Quand je me séparai du Ciel, je pris conscience de l'espace entre lui et moi, de cette distance qui ne se réduirait plus. De plate, je devins gironde, prête à faire grandir, à être le terreau de la vie. Sous ma surface, dans ma glaise, je trouvai de minuscules graines aux formes arrondies et leur donnai l'impulsion de la transformation. Le premier naquit près de ces roches d'où jaillissait une source sacrée.

Jamais je n'aurais pensé que les arbres seraient à l'origine de ma troisième naissance. Ce jour-là, je ne compris pas ce qui m'arrivait. Une chaleur diffuse, un effluve bien connu, celui que j'avais laissé près de la tombe de Gui. Quelque chose approchait, je le sentais, sous une forme différente. Ce n'était plus l'arbre entier, seulement une partie plus infime, mais tout aussi puissante. Comment cela était-il possible ?

Le bois revenait vers moi, m'appelait, il avait une révélation à me faire. Je le frôlai et découvris qu'entre ses cernes se nichait toujours mon espoir. Enclos dans l'arbre, il avait miraculeusement survécu. C'était un homme qui le portait, et un court mais merveilleux instant, je crus mon poète revenu. Mes feuilles de muse bruissaient déjà, mais ce n'était pas mon Gui. La voix du promeneur s'éleva :

Tous ceux qui survenaient et n'étaient pas moi-même
amenaient un à un les morceaux de moi-même
On me bâtit peu à peu comme on élève une tour
Les peuples s'entassaient et je parus moi-même
Qu'ont formé tous les corps et les choses humaines

Un autre homme que mon Gui lisait ses poèmes. Dans la forêt, entre les branches, apparut une vive lumière. Un auteur n'est rien sans un texte, et un texte n'est rien sans un lecteur ; c'est lui qui le tire des abîmes, qui lui permet de métamorphoser l'encre noire et sèche en un univers luxuriant ; l'imaginaire du lecteur permet à ces êtres de papier de grandir, de prendre leur souffle, de faire leurs premiers pas balbutiants. C'est un nuancier-éventail qui tire ses couleurs de chaque page que le lecteur tourne, et plus il grandit, plus il prend de nouvelles teintes, propres à chacune des individualités qui le traversent. C'est le pouls du lecteur qui imprime aux personnages leurs battements de cœur, ce sont leurs yeux qui distillent dans l'iris des protagonistes la braise essentielle.

Je regardais cet inconnu, je l'écoutais réciter les vers d'Apollinaire. Parfois j'entendais Guillaume – certains accents possédaient les mêmes tons que sa voix chaude –, parfois la voix reprenait sa propre tessiture, plus aiguë, mais l'ensemble créait des harmoniques prompts à la création d'un tout qui dépassait à la fois l'auteur et le lecteur. Et qui me dépassait, me laissant muette.

Un nouvel univers se dessinait derrière chaque page ; le poète est un démiurge qui, de la baguette de ses mots, transcende la réalité pour la faire sienne. Gui n'était pas seulement mon messager : il métamorphosait la réalité, il était lui aussi un Créateur, comme je l'avais été pour les hommes.

Le poète est un frère d'âme dont je n'avais pas perçu toutes les dimensions, et c'étaient mes enfants, l'homme et l'arbre, qui me le dévoilaient. J'avais reproché aux hommes de ne pas voir la Nature, et je me rendais compte que moi-même je n'avais pas su voir leurs mots. Je n'avais pas perçu leur omniprésence, leur pouvoir et leur immortalité. Je ne sais pas si le Verbe est le commencement, mais il est le Tout qui soutient ce monde.

Au pied des cendres du poète germaient ses semences, portées par d'autres voix, mues dans d'autres temporalités. Toutes portaient une nouvelle évidence, changeante comme l'eau du torrent. La vérité m'apparaissait à travers le prisme de ce lecteur, un anonyme, un promeneur sans bâton.

Autour de moi, tout tournait : auprès des voix qui se répondaient en écho, j'entendais la mienne ; d'abord petite, elle se fit plus forte, et elle disait mon trouble face à ce questionnement : qui étais-je vraiment ? L'univers était-il réel ou bien étais-je moi aussi la création d'un artiste ? Quelle était la preuve tangible de ma réalité ? Existais-je vraiment ou étais-je la chimère d'un poète ?

Un carillon de voix répondit à mes craintes ; ce n'était plus le timbre isolé du promeneur, mais l'ensemble des lecteurs d'Apollinaire qui poursuivaient l'existence du poème. Je les écoutais tous, ils avaient la force d'un chœur antique. Je m'approchai de cet homme, fusionnai avec ce morceau d'arbre, et me confiai à cet homme. De ma tresse d'ambre retrouvée sortit tout l'or de mes espoirs perclus.

CHAPITRE 37

La voix se tut.

Dans l'appartement résonnaient les vibrations graves à la profondeur séculaire. Le disque de bois tournait et remplissait la pièce de bruissements légers, d'infimes craquements qui rappelaient la fin d'un feu de cheminée. Tout au long de l'histoire, j'étais resté debout, face à la platine. Je la regardai un temps, puis levai le bras de lecture. Le silence s'imposa, comme lors de ces concerts où le public met quelques secondes avant d'applaudir, ébahi et plein encore des mille émotions qu'il vient de ressentir. Une nouvelle aube levait son voile et, au milieu de mon salon, le temps n'existait plus.

Resté intact au contact du bois tendre, le diamant avait tracé d'étroits sillons : entre chacun d'eux s'étaient accumulés de fins monticules de sciure plus sombre. Je soufflai dessus et les particules s'envolèrent avant de retomber en pluie fine sur le parquet. À l'extérieur, le monde s'éveillait, le bip du camion poubelle, le train au loin qui repartait de la gare, les enfants qui couraient vers l'arrêt de bus ; mais aucun bruit ne m'atteignait, mes sens gravitaient vers ce disque de bois qui avait révélé les arcanes d'un monde ancien.

Pris par le désir d'écouter de nouveau la voix de Gaia, je remis la platine en route et posai la pointe sur le bois, le corps tendu vers les cernes. Le disque tourna, de nouveau le diamant s'enfonça dans les nervures, de nouveau les enceintes crépitèrent, mais aucun son audible n'en sortit. Courbé au-dessus, j'attendais, brûlant de l'entendre une nouvelle fois, la regrettant déjà. Je posai une dernière fois la pointe sur le disque ; dans mes oreilles, j'avais encore le cœur de sa voix rauque, mais le bois tourna en vain. Je baissai la tête et le bras de lecture se souleva avant de s'immobiliser. Un dernier tour, puis le disque cessa sa ronde. La voix s'était évanouie, perdue dans des limbes connus d'elle seule. Un vide creusa mon âme, la douleur des absents vrilla ma poitrine. Gaia était partie.

Le morceau de bois ne tournait plus, mais sa course, son élan dans mon esprit était toujours intact : le bois était cette lumière qui résistait, se faisait une place et comblait mes cicatrices. La voix rauque de Gaia s'immisçait et imprégnait mes manques. Les lecteurs étaient ces géants qui rendaient immortelle la littérature, la faisaient vivre et tournoyer d'une nouvelle audace, d'une nouvelle inspiration ; et moi, ne portais-je pas la mémoire de mes disparus et de mes morts, n'étais-je pas celui qui chaque jour par mon souvenir les retenait encore dans le monde des vivants ? Ils n'étaient pas derrière moi, ils marchaient à mes côtés, me secondant de leur force invaincue.

Je restai à l'écoute du silence, face à ce cercle monde, et l'évidence se fit matière. Un bruit s'éleva à ma droite, aigu, sec, moins rond, tout en épines. Lointain au départ, comme ces sonneries de réveil qu'on ne veut pas entendre, il se fit plus insistant. Je fis un effort pour sortir de ma léthargie et tourner la tête. Mes yeux tombèrent sur deux pupilles élargies, noires et profondes : Tirésias me fixait, et il me ramena à la réalité des choses. De sa queue, il balayait frénétiquement le parquet et repoussait des deux côtés la sciure sur laquelle je venais de souffler. Il y en avait partout.

Je m'assis à ses côtés et, tout en le caressant, cherchai une feuille de papier : il me fallait écrire, ne pas perdre la trace de ces mystères dévoilés, mais la sciure sur laquelle je venais de souffler attira mon regard. C'était plus compact et rond que de la poussière de bois. Je passai ma main dessus, puis malaxai cette matière entre mon pouce et mon index et poussai un cri de surprise : c'étaient des graines. Mon parquet en était jonché. De près, elles avaient des teintes différentes : le marron foncé côtoyait le châtain, certaines flirtaient avec la couleur rougeoyante des feuilles d'érable, d'autres enfin brillaient comme le bronze. Les lattes du salon me firent penser aux sillons noirs d'un champ moissonné. Je ramassai les graines par petites poignées en prenant soin de n'en perdre aucune, certaines roulaient dans le creux de ma main et trouvaient refuge le long de ma ligne de vie. Ma paume se constella d'étoiles brunes aux figures géométriques fantaisistes. Plus fines que ces graines de lentilles que j'avais fait pousser enfant, elles me procuraient le même plaisir de manipulation. Je souris au souvenir de cette expérience faite à l'école, aux regards émerveillés de mes amis quand les graines avaient percé le coton, transformées en petites têtes vertes assoiffées de lumière, désireuses de partir à la conquête du monde.

Une à une, je les mis dans une enveloppe ; l'entreprise demandait de la patience, j'étais ce chercheur d'or tamisant ses pépites. Lorsque j'eus terminé, j'humectai le papier et refermai l'enveloppe avec soin. Ma langue garda quelques instants ce goût douceâtre, tandis que Tirésias, gardien de vérités invisibles, m'observait toujours. Il vint se frotter contre l'enveloppe et son ronronnement décupla ma joie. Les graines nées de la voix de la déesse-mère étaient son ultime cadeau et j'en étais désormais le dépositaire.

Soudain, mon appartement devint trop exigu pour un tel don, il me fallait sortir, prendre la voiture, me rapprocher de cette conteuse enchanteresse. Je pris un sac de voyage, y jetai quelques affaires et glissai l'enveloppe dans la poche de devant. Je remplis le bol du chat, qui, pour une fois, ne se jeta pas dessus. Avant de refermer la porte, il me sembla apercevoir un fin sourire se dessiner sous les moustaches de Tirésias.

Dans la voiture, en tournant au coin de la rue, je ne savais toujours pas où j'allais, mais le périphérique m'ouvrit ses bras circulaires, direction le Sud. Il était déjà midi et au zénith flamboyait un avion. Tout me rappelait Louise : son parfum, la hauteur du volant, la position du rétroviseur, les Kleenex mentholés dans la boîte à gant, jusqu'au bouquet de pavots séchés sur le pare-brise. Sans réfléchir, je pris l'A20 et me dirigeai vers Toulouse, dont la route se déploya comme un album photo de nos années passées ensemble : la danse plus ou moins vive des éoliennes bordant notre avancée, nos aires d'autoroute préférées, ce sanglier qui nous effraya tant, les monts d'Auvergne au loin. Quand les radios parisiennes laissèrent la place à d'autres, j'appuyai sur un bouton et la playlist de Louise monta dans l'habitacle.

Je tournai machinalement la tête, m'attendant à la voir sur le siège passager. Pourquoi n'était-elle pas là ? Bashung ciselait dans ses *Immortels* notre histoire.

As-tu senti parfois que rien ne finissait ?
Et qu'on soit là ou pas, quand même on y serait.

Et toi qui n'es plus là, c'est comme si tu étais
Plus immortel que moi, mais je te suis de près

Je dépassai Chantebrie, et le brouillard qui avait avalé la route un peu avant Brive disparut d'un coup. Le chemin s'éclaircit : il était temps que ma quête prenne fin, que je lui parle de tout ceci et lui raconte ce que j'avais vécu ces derniers mois, jusqu'aux raisons qui m'avaient fait plonger dans la brume. Elle comprendrait tout, je devais la retrouver. Fort de cette conviction, je ralentis. Parfois, quand les choses s'éclairent, le chemin importe peu et la vérité s'incarne dans quelques accords, un souvenir, un siège passager vide.

Louise se rendait régulièrement au CST, le Centre spatial de Toulouse, elle en profitait pour voir sa mère. Là-bas, elle retrouvait les collègues avec lesquels elle échangeait régulièrement depuis Paris. Au début de notre relation, nous contemplions souvent le ciel, et, à la faveur d'un arc-en-ciel qui s'échappait mystérieusement d'un nuage rougeoyant, elle m'avait confié dans un souffle qu'elle songeait de temps en temps à quitter la froide région parisienne pour intégrer cette unité. Mais elle n'avait jamais sauté le pas. Les routes d'une vie sont sinueuses, et les désirs ardents, les plus essentiels, se noient dans le leitmotiv du quotidien. Et si elle avait osé ?

Je m'arrêtai sur une aire d'autoroute : aucune autre voiture n'était garée, je sortis me dégourdir les jambes et aperçus un tapis de crocus de l'autre côté du parking, les premières fleurs du printemps. Leur robe mauve me rappela les yeux de Claudine, une collègue et amie de Louise. Si je n'arrivais pas à joindre ma compagne, peut-être aurais-je plus de chance par ce biais ?

Une voix pétillante décrocha.

« Salut, je descends vers Toulouse, je voudrais faire une surprise à Louise. J'arriverai en fin de journée, tu penses que tu pourrais me faire entrer au CST ? »

La voix se fit plus grave :

« Bonjour Florent, tu fais bien d'appeler. Je n'osais pas trop le faire. Louise me disait que tu étais peu présent ces derniers temps, comme préoccupé par quelque chose… J'espérais que tu me téléphones. Louise ne sait plus trop où elle en est, mais je suis certaine que ta visite la rassurera. Les gestes comptent souvent plus que les paroles, tu sais bien. Tu n'as qu'à m'appeler quand tu arrives, ton badge sera prêt ! »

Je raccrochai ; j'allai remonter dans la voiture, quand mon regard tomba sur une haie d'arbustes, à quelques mètres plus loin. Je m'en approchai. Des chatons de noisetier se balançaient dans le vent, ils me firent penser à une lettre écrite à Lou, quand Apollinaire était sur le front, dans la Marne :

Les chatons des noisetiers nuancent les mousses
Et les lichens sont pâles
Comme les joues de Lou quand elle jouit
Quel prince du Bengale donne un feu d'artifice cette nuit
Et puis
Et puis
Et puis je t'aime
Gui

Au sol, de nombreuses tiges de noisetier avaient germé autour du tronc. De façon étonnante, aucune ne partait de lui. Les nouvelles ramifications, détachées en apparence de l'arbre, puisaient leur force en lui, mais de manière invisible. Une nouvelle fois, la nature m'apporta un enseignement. J'étais orphelin moi aussi ; mais il était temps de grandir, de m'affranchir de cette douleur. L'absence de mes parents ne devait plus être une béance, j'avais le droit d'aller de l'avant, de prendre ce chemin qui s'ouvrait devant moi. J'étais cette brindille qui puisait sa force dans ses racines, tout en étant libre. Être seul ne signifiait plus ne pas être accompagné.

Je repris la route, confiant ; j'arriverai dans quelques heures. Les chansons de Louise résonnaient toujours dans la voiture et elles m'accompagnèrent jusqu'à Toulouse. À mon arrivée, Claudine était là, badge à la main et sourire aux lèvres. Le temps d'échanger quelques banalités et je me faufilais dans l'ascenseur, dont la montée me parut très lente. Pour passer le temps, je me regardai dans le miroir. Mon teint semblait moins gris, mais des poches sous mes yeux trahissaient ma fatigue. Je me retournai au moment où les portes de l'ascenseur s'ouvrirent : Louise était derrière. Nous marquâmes tous les deux un temps de surprise, ses cheveux avaient poussé, et elle avait elle aussi des cernes bleutés sous les yeux. Je pris les devants, de peur de la laisser parler :

« Je voulais te voir, t'expliquer, ne pas rester sur un malentendu. Ce serait trop bête, tu ne crois pas ? »

La bouche de Louise se tordit, mais se transforma aussitôt en sourire. Il ressemblait à une parenthèse qu'on referme. Louise fit un pas vers moi et me toucha la joue :

« Je suis heureuse de te voir, que tu aies fait la route jusqu'ici. Je l'espérais, je crois. Mais il faut vraiment que je termine quelque chose pour le boulot, ensuite on prendra un café pour discuter. Viens, je te montre. »

Elle s'approcha de moi, ses yeux étaient plus clairs que dans mes souvenirs, il y avait en elle une détermination, un désir que je ne lui connaissais pas. Je la suivis dans des couloirs labyrinthiques, son pas était plus ample aussi, elle enfonçait ses talons avec force. Je la redécouvrais. Elle poussa une porte qui s'ouvrit sur une grande pièce blanche, au centre de laquelle était posé l'objet de toute son attention : le châssis d'un robot aux énormes roues métalliques. Sur le mur, de fines bandes vertes égayaient la salle.

« Voici mon travail ! Tout récemment, l'orbiteur Dawn a découvert de l'eau sous la surface de Cérès, une planète naine. C'est une avancée énorme, car si on en trouve sur cette planète naine, cela voudrait aussi dire qu'on peut en trouver ailleurs, sous la surface d'autres planètes ! »

Dans ses yeux, je lisais le même engouement que celui que j'avais eu quelques heures plus tôt, dans mon salon, à des centaines de kilomètres de là. Je lui caressai la main, elle tremblait un peu. Elle ajouta que le *rover* partirait cette nuit pour l'assemblage. On y ajouterait des panneaux solaires et le module de communication avant qu'il ne s'envole pour Cérès.

Avec malice et les yeux brillants, elle dit tout bas, comme un secret :

« La prochaine fois que tu entendras parler de lui, ce sera là-haut. »

Elle joignit un geste à son chuchotis, puis ajouta :

« Surtout, ne touche à rien. »

Elle me laissa seul à admirer la bête et s'affaira dans la pièce d'à côté.

L'occasion était parfaite ; tout s'assemblait, et la voix de Gaia rejaillit intérieurement. Je n'aurais pu rêver mieux : chaque rouage s'emboîtait à la perfection, j'y vis même le signe de son doigt divin. À cet instant, je sus ce que je devais faire. Je sortis de ma poche l'enveloppe et disséminai les graines dans l'essieu du *rover*.

Quand Louise revint, je lui souris. Je mis les mains sur ses épaules et regardai le blanc immaculé de sa blouse. Je repensai alors à celle du Douanier Rousseau, pleine de taches colorées, et, pour la première fois de ma vie, je devinai qu'il ne fallait pas opposer science et peinture ou science et poésie. Le projet de Louise, « explorer Cérès », était aussi beau, fou et improbable que la poésie d'Apollinaire. Les scientifiques, comme les poètes, explorent les confins du monde et repoussent les limites du réel.

*

Dix jours plus tard, dans le salon des invités, nous regardions la retransmission de la mise à feu : quand la fusée s'éleva dans le ciel, il me sembla que le lion, la chevelure de Bérénice, la colombe et le cygne n'avaient jamais brillé avec autant d'éclat qu'à ce moment-là ; et avec eux, les germes d'un nouvel espoir. Je suivis des yeux la fusée dont le nom, *Persévérance*, était à lui seul tout un symbole. Les yeux rivés sur l'écran, je murmurai :

Voici le temps de la magie
Il s'en revient attendez-vous
À des milliards de prodiges
Qui n'ont fait naître aucune fable
Nul les ayant imaginés

Une minute passa, une forêt d'applaudissements retentit et une brise inattendue me murmura ce dernier vers :

À la fin tu es las de ce monde ancien

Les Éditions Points s'engagent pour la protection de l'environnement et une production française responsable

Ce livre a été imprimé en France, sur un papier certifié issu de forêts gérées durablement, chez un imprimeur labellisé Imprim'Vert, marque créée en partenariat avec l'Agence de l'Eau, l'ADEME (Agence de l'Environnement et de la Maîtrise de l'Énergie) et l'UNIC (Union Nationale de l'Imprimerie et de la Communication).

La marque Imprim'Vert apporte trois garanties essentielles :

- La suppression totale de l'utilisation de produits toxiques
- La sécurisation des stockages de produits et de déchets dangereux
- La collecte et le traitement de produits dangereux

RÉALISATION : NORD COMPO À VILLENEUVE-D'ASCQ
IMPRESSION : CPI FRANCE
DÉPÔT LÉGAL : OCTOBRE 2022. N° 148674 (3049176)
IMPRIMÉ EN FRANCE